Harald Schmidt

Auch Entführen will gelernt sein

Bibliografische Information der Deutschen Nationalbibliothek:
Die Deutsche Nationalbibliothek verzeichnet diese Publikation in der
Deutschen Nationalbibliografie; detaillierte bibliografische Daten sind im
Internet über http://dnb.dnb.de abrufbar.

Aktives Mitglied im Selfpublisher-Verband e.V.

Covergestaltung:
birgitstolzegrafikdesign
E-Mail: abc.stolze@web.de

Fotos:
Stasique/fotolia.de, tatomm/fotolia.de, Timmary/fotolia.de,
Tatiana Pogova/123rf.com, Rücktitel: Werner Fellner/fotolia.de,
Timmary/fotolia.de

Herstellung und Verlag:
BoD – Books on Demand, Norderstedt
ISBN: 978-3-7460-1831-7

Auch Entführen will gelernt sein

Von Harald Schmidt

Das sind die Starken dieser Welt:
Sie können unter Tränen lachen,
eigene Sorgen verbergen,
und andere glücklich machen.

Autor unbekannt

Kapitel 1

Gebannt starrten wir auf den Eingang zum Center. Wir warteten darauf, dass sich endlich die Tür in die Freiheit für uns öffnete. Schattengleich huschten schwerbewaffnete Männer über das Vordach, warfen vorsichtig Blicke durch die Riesenfenster in das Innere des Trainingsbereiches. Immer noch drückte Massimo seine Stirn auf den Fliesenboden, umklammerte seinen verbundenen Kopf mit beiden Armen. Sein leises Wimmern durchdrang die bedrückende Stille des riesigen Raumes. Meine Hand lag tröstend auf seiner zuckenden Schulter.

Durch Summen des einstigen Heintje-Erfolges *Oma so lieb*, versuchte ich, ihm die Angst vor dem zu nehmen, was nun unweigerlich folgen würde. Die Melodie war auch mir im Gedächtnis geblieben, da Papa immer davon erzählte. Sie begleitete ihn schon in seiner Jugendzeit und er summte sie mir vor, wenn ich nachts weinend aus einem schlimmen Traum erwacht war.

Massimo tat mir leid. Ich bedauerte diesen erwachsenen Mann, dessen Verstand immer noch, wie zu Kindertagen, in den sechziger Jahren weilte. Vor wenigen Stunden gestand er mir, dass er auch heute noch genau dieses Lied von seiner älteren Schwester Elena beim Einschlafen vorgesungen bekam. Als Großmutter vor einigen Jahren starb, war ihm die wichtigste Bezugsperson von der Seite gerissen worden. Er quartierte sich bei Elena ein. Die Eltern waren schon früh bei einem Autounfall in der italienischen Heimat ums Leben gekommen, sodass sich Oma danach um ihn kümmerte. Nun war ihm nur noch das Lied und ein kleines Foto von Oma geblieben. Wie einen Schatz bewahrte er das zerknitterte Bild dieser gütig blickenden, älteren Dame in seinem Portemonnaie auf.

Immer wieder waren die Befehle der Polizeibeamten vor dem Gebäude deutlich zu hören. Die Geräusche, die ihre Stiefel verursachten, kamen aus allen Richtungen, ließen die Anspannung bei uns ins Unerträgliche steigen. Jeder der hier am Boden kauernden Menschen spürte, dass eine Entscheidung unmittelbar bevorstand. Alle sehnten natürlich ein Ende der Gefangenschaft herbei, obwohl die Angst nur selten die Oberhand gewinnen konnte. Dazu waren die Umstände und das Geschehen insgesamt viel zu surreal. Das, was passiert war, hatte uns alle zusammengeschweißt und sehr viel aus dem Inneren offenbart, was Menschen allzu gerne voreinander verheimlichen.

Jetzt würde es nur noch Minuten dauern, bis der größte Teil wieder in die Freiheit, in ihre Familie entlassen wurde. In den kommenden Tagen hieß es, das Erlebte zu verarbeiten.

Immer wieder glitt mein Blick hoch zu den beiden Gangstern, die mit einem Laken bedeckt über uns standen. Sie wollten meine Kollegin Katja und mich als letzte Geiseln auf ihrer Flucht mitnehmen. Irgendwas an diesem Plan lief scheinbar schief, das ahnten sie jetzt. Und genau das bereitete mir Angst. Ihre Augen suchten hektisch die Fenster und möglichen Eingänge ab.

Meine Gedanken führten mich trotz der explosiven Lage weit zurück, während ich immer noch dieses traurige Lied summte. Massimo wimmerte nicht mehr.

Kapitel 2

Die Tür des Restaurants La Dolce Vita öffnete sich geräuschlos. Der Riesenschatten eines Mannes füllte fast den gesamten Türrahmen. Der Inhaber Claudio, der an den Kaffeeautomaten hantierte, begrüßte den ihm unbekannten Gast mit einem freundlichen *Buon giorno*. Er beobachtete, wie sich dieser an einen Tisch bewegte, an dem bereits zwei Männer warteten.

»Verdammt, das wurde aber auch Zeit. Wir warten schon fast eine Stunde auf dich. Hatte ich nicht fünfzehn Uhr gesagt? Jetzt haben wir fast vier. Das ist totale Scheiße, wenn man sich auf seinen Kumpel nicht verlassen kann. Das kann ganz schön ins Auge gehen, du Saftarsch.«

Massimo zog sich umständlich einen Stuhl ran und setzte sich gegenüber von Freddy, der ihn immer noch wütend anblitzte. Anstatt eine Antwort zu geben, griff Massimo zur Speisenkarte und vertiefte sich darin.

»Was soll denn die Scheiße jetzt? Freddy sagt, du Spasti kannst gar nicht lesen? Leg die Karte zur Seite und erklär uns Beiden mal, warum du uns so lange warten lässt.«

Massimo umklammerte die Karte fest, als der zweite Mann, den er zuvor noch nie gesehen hatte, versuchte, sie ihm aus der Hand zu reißen. Seine kräftige Faust umklammerte mit unbändiger Kraft den Arm des Mannes. Der Schmerz ließ dessen Gesicht rot anlaufen. Er sah hilfesuchend auf Freddy, der mit der Faust auf den Tisch hieb. Die Augen der Gäste und des Personals im La dolce Vita richteten sich auf ihren Tisch. Die Drei genossen nun die ungeteilte Aufmerksamkeit des gesamten Restaurants. Der Besitzer Claudio blickte verärgert herüber. Gäste, die sich in seinen Räumen nicht benehmen konnten, saßen schnell auf der Straße.

»Lass den Arm von Richard los, du Irrer. Willst du, dass uns später alle haarklein beschreiben können? Das gesamte Personal guckt schon rüber. Lass sofort den Arm los.«

Freddy winkte die Bedienung heran, während Massimo den Griff lockerte. Wild riss Richard seinen Arm aus der Umklammerung und rieb erleichtert sein schmerzendes Handgelenk. Sein hageres Gesicht mit dieser leicht verkrümmten Hakennase hatte sich im Hass verzerrt. Die kalten, stechenden Augen schossen Pfeile auf Massimo, der seinen Blick völlig gelassen erwiderte. Ja, es war sogar ein mildes Lächeln zu erkennen.

»Wir nehmen das Tagesgericht, diese Kalbsleber mit Gemüse und Rosmarinkartoffeln. Und dann eine große Flasche Wasser mit drei Gläsern.«

Freddy reichte dem Kellner die Speisekarte und wandte sich wieder den Kameraden zu.

»Ich ess keine Leber, pfui Teufel. Ich kriege keine Innereien durch den Hals. Die haben doch bestimmt noch was Anderes, Pasta, Pizza oder sowas? Und dann will ich auch eine Cola, kein Wasser. Bin doch kein Pferd.«

Massimo hielt den Kellner an der Schürze zurück.

»Wir haben auch Spaghetti mit Fleischsoße als Mittagsgericht. Darf ich das dann für den Herrn bringen? Also dann nur zwei Gläser und eine Cola zusätzlich. Sehr wohl die Herren.«

Freddy nickte schwach und schluckte eine weitere Bemerkung herunter. Als sie wieder allein waren, beugte er sich rüber zu Massimo.

»Damit das hier von Anfang an klar ist, ich bin der Boss. Was ich sage, wird gemacht. Darüber wird gar nicht lange diskutiert. Wenn hier jeder von euch sein eigenes Ding abzieht, wird das nicht klappen, was wir vorhaben. Ist das klar?«

»Ich fress trotzdem keine toten Innereien. Was ich mir durch die Gurgel schieb, bestimme ich selbst, ich ganz alleine. Damit auch das klar ist.«

Freddy musste seine aufkeimende Wut unterdrücken und sah von Einem zum Anderen.

»Ob das mit dem Boss klar ist, habe ich gefragt. Wäre es möglich, dass ihr mit einem verständlichen Ja antwortet? Wenn ich früher nur solche Idioten in meiner Kompanie gehabt hätte, wäre ich wahnsinnig geworden. Mensch, hätte ich euch Arschgeigen lang gemacht.«

»Jetzt beruhig dich mal wieder. Du warst als Unteroffizier gerade mal Gruppenleiter. Erzähl hier nichts von einer Kompanie. Außerdem warst du als Vorgesetzter ein ziemliches Arschloch. Ich hätte dich am Liebsten auf dem Schießplatz abgeknallt, zumindest war die Versuchung groß.«

Richard musterte seinen ehemaligen Vorgesetzten von der Seite. Er pulte währenddessen mit einem schmutzigen Zahnstocher, den er aus den Tiefen seiner Jacke hervorkramte, zwischen den lückenhaften Zahnreihen. Die sehnten sich infolge längerer Enthaltsamkeit bestimmt nach einer Zahnreinigung. Das von der Natur geplante Weiß hatte den Wechsel zum Hellbraun geschafft, ohne dass Zahnbürsten jemals diesen Prozess hätten aufhalten können. Der Zahnstocher wippte im Mundwinkel, während Richard weitersprach.

»Jetzt hocken wir hier und warten auf Mangare. Gut. Und was soll diese konspirative Sitzung nun? Du wirst ein Ding geplant haben, das wird selbst diesem Idioten da klar, aber was genau soll das sein? Bist du so nett und lässt uns an deinen genialen Gedanken teilhaben?«

Freddy ließ sich von Richards Sprüchen nicht aus der Ruhe bringen. Sein Blick ruhte ausschließlich auf Massimo.

»Wie geht es deiner Oma Martha? Wohnt ihr immer noch in diesem alten Zechenhaus in Essen-Katernberg? Verdammt, bei euch war es immer gemütlich. Bevor deine Alten damals vor den Brückenpfeiler gebrettert sind, hat dein Papa ja oft den Gigolo raushängen lassen. Hat man sich jedenfalls erzählt. War bestimmt nicht schön für deine Mutter. Da kannst du froh sein, nach dem Unfall bei der alten Dame untergekommen zu sein.«

»Halt jetzt die Schnauze, sonst passiert noch was. Kein Wort über Papa. Warum fragst du nach Oma Martha? Die konnte dich doch nie leiden. Die hat dir noch kurz vor ihrem Tod die Pest an den Hals gewünscht. Deine Aufschneiderei ist ihr immer gewaltig auf den Sack gegangen. Und dass du immer auf lau bei uns gefressen und gesoffen hast, hat sie dir übel genommen. Also lass die Frau in Frieden ruhen. Ich bin übrigens mit meiner Schwester Elena zusammengezogen. Wir leben jetzt in Herten, wie du wissen müsstest. Ihr Kerl hat sich ins Ausland abgesetzt. Weiß nicht, ob der jetzt wieder im Kosovo lebt oder woanders. Ist mir auch egal, wo dieses Schwein seine Eier legt. Wenn der sich sehen lässt, hau ich ihm was auf die Fresse. Aber was ist eigentlich mit dir? Bist du noch mit dieser Schlampe zusammen? Wie hieß die nochmal? Iris oder Irma, auf jeden Fall was mit »I« am Anfang.«

»Die Schlampe, wie du sie nennst, hieß Christa, du Penner. Ich wusste wenigstens, wo ich abends die Füße wärmen durfte. Hast du eigentlich jemals mit einer Frau geschlafen?«

Freddys Gesicht verfärbte sich, er hatte Mühe, seinen Zorn zu bezähmen. Richard zeigte ein breites Grinsen. Er genoss die Situation. Ein freundschaftliches Beisammensein konnte das an diesem Abend nicht mehr werden. Der Kellner half allen Beteiligten aus dieser Misere, als er mehrere Teller mit Antipasti aufdeckte und die Getränke brachte. Alle drei griffen zu und beschmierten wortlos ihre Baguette-Scheiben mit Kräuterbutter. Richard verzog sein Gesicht, als er in eine Chilischote biss.

Die Männer hatten sich abgeregt und sprachen während des Essens über Belanglosigkeiten. Die Teller wurden abgeräumt und drei Espresso-Corretto bestellt. Jetzt ruhten die Blicke der Kumpel wieder auf Freddy.

»Also, es geht um ein problemloses Ding, bei dem wir uns für eine lange Zeit sanieren können. Ich hab da mal ein wenig recherchiert. In dieser bepissten Stadt leben eine ganze Menge Geldsäcke, das dürfte klar sein. Ab und zu verlassen diese Wichser ihre Häuser und vergnügen sich irgendwo. Damit sie das lange können, müssen die sich fit halten. Und wo machen die das? Na, ihr Luschen, wo turnen die rum?«

»Im Wald, beim Joggen?«

Massimos Augen glänzten vor Stolz, als er in die Runde blickte. Zwei Augenpaare blickten ihn verständnislos an.

»Im Wald, so so. Da scheinst du wohl zu leben. Du glaubst wirklich, dass die Geldsäcke durch die frische Luft rennen? Hast du sie noch alle? In welcher Welt lebst du eigentlich? Diese vor Geld stinkenden Hunde vergnügen sich entweder im Tennisclub, im Golfclub oder neuerdings im Fitness-Center. Da hängen die an den Geräten, damit sie bei ihren Freundinnen auch noch einen hochkriegen. Da saufen die nach dem Training noch Eiweißshakes, weil sie daran glauben, dass sie davon nicht nur einen Steifen, sondern auch einen Sixpack kriegen.«

»Einen was? Wieso sollten die sowas kriegen, von dem du da sprichst? Sixmac oder so ähnlich.«

»Verdammt Massimo, hast du irgendwann einmal einen schweren Unfall gehabt oder hast du deinen Verstand an jemanden verkauft? Wie kann man so blöd eigentlich überleben?«

Richard wurde blass, als sich eine massige Hand blitzschnell und um seinen Hals legte, ihm den Atem nahm. Freddy schnauzte seinen alten Kumpel an.

»Massimo, lass das! Die anderen Gäste sehen schon rüber. Die schmeißen uns hier bald raus.«

»Dieser Hirni soll niemals mehr sagen, dass ich doof bin. Dann schlag ich ihm die blöde Fresse ein.

14

Niemand darf das ungestraft zu mir sagen ... niemand. Merkt euch das.«

Freddy legte ihm beruhigend die Hand auf den Arm und drückte ihn herunter. Richard schnappte wie ein Fisch auf Land nach Luft. Mit der Serviette wischte er sich den Schweiß aus der Stirn. Jeder Finger von Massimos Riesenhand hatte einen deutlichen Abdruck auf Richards Hals hinterlassen.

»Mit dem kranken Arschloch soll ich zusammenarbeiten? Niemals. Da muss ich ja ständig auf meinen Rücken achten. Vergiss das Freddy.«

Immer noch versuchte Richard, normal zu atmen, und massierte sich den schmerzenden Hals. Sein Blick irrte zwischen den beiden Männern hin und her.

»Jetzt beruhige dich mal. Massimo ist kein übler Kerl, du darfst ihn nur nicht reizen. Mit dem habe ich schon ein paar Dinger gedreht. Der ist absolut zuverlässig. Jetzt gebt euch die Pfote und vertragt euch wieder. Na los!!«

Zögernd streckte Massimo dem immer noch wütenden Richard die Hand entgegen, die dieser nach einem strengen Blick von Freddy ergriff. Der Zeigefinger der anderen Hand wies auf Richard.

»Sage mir nie mehr, dass ich ein Idiot bin! Dann reiße ich dich in Stücke. Und du, Freddy, lass meine Familie aus dem Spiel, sonst wirst du es bereuen.«

Richard blieb ihm eine Antwort schuldig und stieß Freddy in die Seite.

»Jetzt komm endlich mit deinem verfickten Plan raus. Ich brauch dringend Kohle. Die Vermieterin macht mir die Hölle heiß. Die will noch drei Monatsmieten von mir. Dann will die mich endgültig rausschmeißen. Mit dem kleinen Nachtbesuch ab und zu gibt die sich nicht mehr zufrieden.«

Freddy grinste zufrieden und breitete ein zerknittertes Blatt Papier auf dem Tisch aus. Er strich es glatt. Keiner der Gäste konnte verstehen, worüber sich die drei Männer unterhielten.

Kapitel 3

Diese Nervosität, die ich so lange unterdrücken konnte, sprang mich wie ein wildes Tier an. Wie ein Virus verzögerte sie alle normalen Denkprozesse und brachte sogar mein Zeitgefühl in Unordnung. Ständig sah ich auf die Uhr, die wie ein bedrohlich wirkendes Ungeheuer über der Küchentür auf mich herabsah. Immer wieder hämmerte sie die gleichen Signale in mein Hirn. *Du musst dich beeilen, sonst kommst du zu spät zum Vorstellungsgespräch!* Sie hatte recht.

Es waren nur noch vier Stunden und ich wischte soeben die letzten Wassertropfen aus dem Gesicht, lehnte mich mit der Stirn an das nasse Duschglas. Der Ernst des Lebens rückte mir unerbittlich auf den Pelz. Ich musste grinsen, als ich dieses Mädchengesicht mit dem frechen Bubikopf später im Dielenspiegel betrachtete. Die kleine Fläche, die ich vom Wasserdunst freigerieben hatte, zeigte mir eine lächelnde junge Frau, die den schützenden Mantel der Kindheit abwerfen wollte und am Rande zum Erwachsenwerden stand. Mit den Fingerspitzen zog ich spielerisch die Linien der Brauen, des Mundes und der Nase nach. Das Badetuch war sorgfältig um den Körper geknotet. Als ich die Dreihundertsechzig-Grad-Drehung beendet hatte, holte mich ein dezenter Pfiff wieder in die Realität zurück. Papa hatte an die Badezimmertür geklopft und war, da ich das überhört hatte, eingetreten. Jetzt genoss er lächelnd die kostenlose Show seiner Tochter.

»Du siehst toll aus, Schätzchen. Das machst du heute mit links. Eine attraktivere Empfangsdame könnten die sich überhaupt nicht an Land ziehen. Du machst das Rennen schon ungeschminkt. Noch etwas Make-up und du stehst deiner Mutter in puncto Schönheit nichts mehr nach.«

»Wo holst du eigentlich schon am frühen Morgen diesen verlogenen Charme her?«

Mamas Hände schlangen sich von hinten um seinen Hals. Ihr verschlafenes Gesicht tauchte neben Papas auf und beide verfolgten lachend meine Flucht ins Schlafzimmer. Der Kaffeeduft lockte sie schließlich in die Küche, wo sie sich vorsichtig, gegenseitig stützend, auf die Polster der Eckbank gleiten ließen. Das Frühstück hatte ich ihnen bereits vorbereitet.

Als ich schließlich in der Tür erschien, unterbrachen sie ihr leises Gespräch und betrachteten ausgiebig mein Outfit. Diesen Augenblick betrachtete ich als Testlauf für die spätere Vorstellung bei meinem hoffentlich neuen Arbeitgeber. Es war bis zu mir durchgedrungen, dass oft die ersten sechs Sekunden darüber entschieden, ob der Funke überspringt oder nicht. Geduldig ertrug ich die kritischen Blicke meiner Eltern, deren Meinung mir sehr wichtig war.

»Na, wo liege ich auf eurer Wertungsskala?«

»Ich würde sagen, bei ...«

Mama unterbrach Papas sicher hohe Wertung, indem sie ihm die Hand über den Mund legte.

»Lass dich von Papas Voreingenommenheit nicht beeinflussen.«

Mit einem gewissen Unterton, der mir nicht entging, fuhr sie in ihrer Bewertung fort.

»Du siehst ganz toll aus, mein Schatz.«

»Aber ... da kommt doch bestimmt noch ein *Aber*, stimmts?«

Mama beachtete Papas vorwurfsvollen Blick nicht und winkte mich mit ernster Miene zum Tisch. Sie nahm meine Hand.

»Sieh mal, Manu ... grundsätzlich hast du alles richtig gemacht. Du hast dir die Haare toll geföhnt, dir ein tolles Make-up aufgelegt und dieses schicke Kleid von der Abi-Feier steht dir immer noch gut. Du siehst darin bezaubernd aus. Doch ... ich meine ... du bewirbst dich für das Service-Center eines Fitness-Studios. Das ist schließlich nicht das Vorzimmer des Siemens-Chefs. Verstehst du, was ich dir sagen will? Du solltest meiner Meinung nach ... du solltest etwas salopper auftreten. So, jetzt ist es raus.«

Der Blick, mit dem sie Papa nach dieser Predigt ansah, enthielt die unausgesprochene Nachricht *widerspreche mir jetzt bloß nicht ... ich habe auf jeden Fall recht!* Er senkte einen Augenblick die Augen. Seine Worte klangen ehrlich.

»Manu ... deine Mutter liegt genau richtig. Das Kleid ist wunderschön, aber einfach zu festlich. Du hast eine tolle Figur, die würde ich an deiner Stelle in eine enge Jeans und ein freches T-Shirt zwängen. Zeig den Leuten, dass du durchtrainiert bist und vor allem, dass du Selbstbewusstsein hast. Trage eine sportliche Note und du wirst die Herzen der Männer im Flug gewinnen. Also, wenn ich da an Stelle des Chefs ...«

»Du sitzt da aber nicht, du Schwerenöter. Doch grundsätzlich hast du völlig recht.« Mama richtete die nächsten Worte wieder lachend an mich. »Liebes, du hast dir doch vor Wochen diese hellblaue Jeans mit den Applikationen an den Waden gekauft. Die zusammen mit dem gelben Shirt ... das mit dem Key West-Schriftzug ... dann bist du perfekt gestylt. Und ich würde dazu einfach nur ein paar flache Treter anziehen. Denen werden die Augen überlaufen. Und deine Haare ... ein Traum.«

Es war wieder einer dieser Augenblicke, in denen sich das Herz nicht entscheiden möchte, ob es weinen oder lachen soll. Einerseits war ich tief enttäuscht darüber, dass man meiner Entscheidung, in diesem Kleid aufzutreten, nicht zustimmte. Andererseits bestätigte die Meinung der Beiden aber auch deutlich meine heimlichen Selbstzweifel an diesem Outfit. Ich entschied mich für einen Wechsel und warf mich voller Begeisterung an Mamas Hals. Ich spürte ihre zitternden Hände auf meinem Rücken, über die sich Papas ebenfalls gelegt hatten. Tief in meinem Inneren verfestigte sich einmal mehr der Wunsch, auch irgendwann einmal einen Partner zu finden, der mich derart vorbehaltlos liebte. Was sollte an diesem Tag noch schieflaufen?

Bis zum Vorstellungstermin war noch fast eine Stunde Zeit. Unauffällig hatte ich mich in einen bequemen Sessel gegenüber vom zentralen Info-Stand verzogen, um den Betrieb im City Fitness beobachten zu können. Mama hatte völlig recht mit ihrem Hinweis auf meine anfänglich geplante Kleidung. Damit wäre ich hier aufgefallen wie ein Polarbär in der Damensauna. Nicht dass man hier einen Ghettostyle mit Ballonseiden-Anzügen pflegte ... ganz und gar nicht. Es herrschte durchweg eine sportliche Eleganz, die sich angenehm von anderen Muckibuden unterschied, die ich schon besucht hatte. Das so berühmte Muscle-Shirt war hier verpönt, zumal es in diesem Riesentrainingsraum auch an testosterongesteuerten, muskelbepackten Angeber-Typen fehlte.

Jetzt zur Mittagszeit überwogen trainierende Frauen, die ich spontan zu den etwas einkommensstärkeren

Gruppen zählen würde. An einem Nebentisch diskutierten vier Damen mittleren Alters über die aktuelle Erweiterung des Saunabereiches und dem angrenzenden Ruhebereich mit bequemen Liegen, auf denen man sich sogar einen Milchshake oder einen Espresso servieren lassen konnte. Als eine rötlichgefärbte Mittvierzigerin über ihre amourösen Abenteuer bei einem Kuraufenthalt in Bad Camberg berichtete und das Kichern der Zuhörerinnen für meine Ohren unanständig klang, konzentrierte ich mich auf die Männer, die sich für weitere Aktivitäten an den Fahrrädern aufwärmten. Auch hier durchweg Gesellschaft, bei der sich bei einer Begegnung selbst in den Abendstunden in der Innenstadt bei mir keinerlei Fluchtgedanken entwickelt hätten. Man nannte es, so glaubte ich zu wissen, die gutsituierte Gruppe von Männern. Ein älterer Herr, den man ganz salopp zu den Silberrücken zählen durfte und der das geschätzte Alter von fünfundachtzig erreicht haben durfte, rang mir großen Respekt ab. Obwohl ihn der Anstieg über die fünfzehn Stufen hoch zum Kraft-/Ausdauerbereich bereits an die Grenzen des für ihn Machbaren getrieben hatte, bewegte er sich tapfer auf die Foltergeräte zu. Nachdem er die Getränkeflasche in das Rondel gestellt hatte, betrachtete er mit dem Blick eines kampfbereiten Boxers die Beinpresse. Er legte noch einmal die Hände hinter dem Kopf zusammen und dehnte den ausgemergelten, doch immer noch sehnigen Körper. Sein Blick ging noch ein letztes Mal über die Trainingsfläche, so als suchte er vorausschauend nach Studiopersonal, das ihn nach der Trainingseinheit wieder reanimieren konnte. Die Sehnen traten weit aus den dünnen Beinen hervor. Sie schafften es dennoch, die Metallplatte acht mal bis zum Anschlag zu drücken. Stolz verließ Methusalem das Gerät und gönnte sich einen kräftigen Schluck aus der Pulle. Ein Gesprächspartner, der dankbar die Unterhaltungsmöglichkeit nutzte, setzte sich zu ihm auf den Treppenabsatz. Das heutige Trainingspensum schien damit erreicht.

Meine Aufmerksamkeit wurde auf eine korpulente Dame gelenkt, die sich aus einem der hinteren Räume mit Hilfe eines Rollators durch die Gänge mühte. Sie bewegte sich, mit einem Jogging-Anzug ausstaffiert, innerhalb einer Frauengruppe auf den Service-Point zu. Angeregt unterhielt sie sich mit einem Mitarbeiter des Studios, lachte lauthals über eine Bemerkung des Mannes. Meine Gedanken eilten nach Hause, verglichen die Lockerheit dieser Frau mit der meiner Eltern. Auch hier fiel mir auf, wie verbissen und humorlos die scheinbar Gesunden sich auf den Trainingsgeräten alles abverlangten, sich quälten, nur um sich selbst und der Umwelt zeigen zu können, dass sie leistungsfähig und ohne gesundheitliche Einschränkungen leben können. Keiner von ihnen war sich dessen bewusst, wie schnell sich diese Situation ändern konnte. Viele hatten nur ein Ziel. Sie wollten diesen Schönheitsidealen nacheifern, die einen perfekten Body besaßen. Dass Photoshop da häufig Hilfe geleistet hatte, wurde großzügig ignoriert.

»Sie sind bestimmt Manuela Richter, oder irre ich mich?«

Der Schreck fuhr mir durch alle Glieder, als mich der zum Mensch gewordene Berg ansprach. Er stand vermutlich schon eine Weile neben mir und hatte mich beobachtet. Eigentlich hätte mir schon sein großer Schatten auffallen müssen. Der Gedanke, der mir spontan durch den Kopf fuhr, beschäftigte sich mit der Frage, wo in Gottes Namen man derartige Kleidergrößen erhielt. Die ausgestreckte Hand, die er mir entgegenhielt, hätte problemlos einen mittelgroßen Wassereimer abdecken können. Entsprechend vorsichtig übergab ich meine zarten Finger ihrem Schicksal. Die Entfernung zum Kopf meines Gesprächspartners hatte sich dadurch, dass ich aufstand, nur geringfügig verringert. Er umfasste milde lächelnd meine Hand und legte die andere auf meine Schulter.

»Schön, dass Sie schon etwas früher gekommen sind, dann können wir schon beginnen. Sie haben doch nichts dagegen? Meine beiden Jungens haben schon angerufen, sie wollen, dass ich sie vom Schwimmen abhole. Ich heiße übrigens Michael Kessler und führe den Laden mit einem Partner. Der sitzt aber hauptsächlich in unserem Zweitbetrieb in Leverkusen. Gehen wir ins Café? Was darf ich uns bringen lassen? Was Kaltes oder lieber Kaffee? Kommen Sie!«

Diese angenehm klingende Stimme hätte ich niemals einem solchen Fels von Mann zugeordnet, eher einem mittelgroßen Bankangestellten, der mich davon überzeugen wollte, dass die Wertpapiere mit dreiunddreißig Prozent Gewinn schon im ersten Jahr kein Risiko beherbergten. Wieder einmal ein Beweis dafür, wie fehlerhaft Vorurteile sein konnten.

»Eine Coke wäre schön.«

»Martina, bitte eine Cola für die Dame, für mich das Übliche.«

Das schwarzhaarige Mädel hinter der Service-Theke nickte und machte sich am Kaffeeautomaten zu schaffen. Michael Kessler öffnete die Mappe, die er irgendwo zwischen Oberarm und Brust versteckt gehalten hatte. Spontan verglich ich diesen Bizeps mit dem Umfang meiner Oberschenkel. Zum Vorschein kam mein Bewerbungsschreiben, das ich mir wohlüberlegt aus dem Internet als Muster geladen und ausgefüllt hatte. Gespannt verfolgte ich seine weitere Vorgehensweise, denn er sah diese Zeilen schließlich nicht zum ersten Mal. Dennoch überflog er das Geschriebene scheinbar interessiert und sah erst auf, als die Bedienung mit den Getränken kam.

»Sie schreiben, dass Sie das Abi gemacht und dies ihr erster Job wäre. Haben Sie denn keine weiteren Pläne wegen eines Studiums? Bei Ihren Noten ... Hut ab ... stehen Ihnen doch alle Türen offen. Wenn ich da an meine Zensuren denke.«

Kessler verdrehte, von einem breiten Grinsen begleitet, die Augen, wurde aber sofort wieder ernst.

»Ich meine, dass man damit doch alles erreichen kann. Warum also eine Anstellung in einem Fitness-Studio?«

Auf diese Frage hatte ich mich eingerichtet, denn meine Abinoten waren wirklich echte Spitze. Seinem forschenden Blick aus den etwas tief liegenden, blauen Augen, die vielleicht einen Tick zu nahe beieinander-standen, hielt ich eine Weile stand. Ich musste gestehen, dass dieses Ralf Möller-Double was Besonderes hatte, obwohl mein Herz nicht unbedingt an solchen Muskelbergen hing. Doch er hatte zumin-dest eine sehr angenehme Ausstrahlung und besaß Charme. Warum ich in diesem Moment Volker, einen mir ständig nachstellenden, pickligen Nachbarsjungen vor Auge hatte, war mir unerklärlich.

»Dieser Job soll mir helfen, mein Studium zu vorzu-finanzieren. Sie schrieben doch, dass Sie eine Kraft für den Service suchen, die bereit ist, in Schichtarbeit tätig zu sein. Nun ... hier bin ich. Dann könnte ich mir schon Geld zusammensparen, bevor ich ins Studium einsteige.«

Sein Gesicht verriet nicht, welche Gedanken gerade durch seinen Kopf gingen. Wieder hing sein Blick auf dem Bewerbungsschreiben. Die Wangenmuskeln zuckten, was seinem Gesicht einen besonderen Reiz, eine gewisse Verwegenheit verlieh.

»Grundsätzlich will ich Ihnen folgen. Was gedenken Sie denn zu studieren? Da gibt es doch viele Optionen bei Ihren Abinoten. Englisch, Französisch, Latein Einser und eine Zwei. Mathe, Deutsch, Physik ebenfalls eine Zwei. Bei Sport sehr gut. Hochachtung. Und das geht in gleicher Art weiter. Also, raus mit der Sprache. Wo soll die Reise hingehen?«

Ich musste zugeben, alles, und vor allem, wie er es sagte, ging runter wie Öl. Schneller als ich es beabsichtigte, verließ es meinen Mund.

»Ich möchte Medizin studieren, mit Schwerpunkt Sportmedizin. Ich möchte mich darauf spezialisieren, die Menschen vor Krankheiten zu schützen, anstatt diese später zu behandeln. Das wäre eine Aufgabe, die mir gefallen könnte.«

Kessler stoppte die Tasse, die er gerade zum Mund führen wollte. Langsam stellte er sie zurück auf den Tisch und betrachtete mich erstaunt. Erst nach einer gefühlten Ewigkeit wanderte sein Blick wieder in die offenliegende Mappe. Ich hätte eine stolze Summe dafür gezahlt, nur um zu wissen, was ihm jetzt durch den Kopf ging.

»Sie leben bei Ihren Eltern, sehe ich. Welchem Beruf gehen die nach, wenn ich fragen darf? Ich sehe hier keinen Eintrag an der Stelle. Da haben Sie einen Strich gemacht ... warum?«

Sein Gesicht war ein einziges Fragezeichen, als er meine Antwort verarbeiten musste.

»Weil es doch für Sie völlig belanglos sein sollte, was meine Eltern beruflich tun, denn die bewerben sich doch nicht bei Ihnen, sondern ich. Aber ich habe es mir überlegt, da das Gespräch anders verläuft, als ich mir das vorgestellt habe. Meine Eltern gehen keiner Beschäftigung nach. Sie sind hin und wieder ehrenamtlich in einer Begegnungsstätte tätig. Ansonsten leben sie nur zuhause. Aber bevor Sie falsche Schlüsse daraus ziehen. Sie sind nicht arbeitslos und beziehen auch kein Hartz vier ... sie sind beide krank und erwerbsgemindert eingestuft. Meine Eltern sind an multipler Sklerose erkrankt. Wo wir einmal dabei sind, noch etwas. Mama war vorher Fremdsprachenkorrespondentin und mein Papa war Dachdecker. Sein erster Schub kam damals so plötzlich und unerwartet ... er fiel aus großer Höhe vom Dach. Die Knochenbrüche sind schnell wieder verheilt, aber die verdammte Krankheit blieb. So, Herr Kessler, jetzt wissen Sie alles über meine Familie.«

Schweigend hatte er mir zugehört. Sein anfänglich verärgertes Gesicht hatte wieder freundlichere Züge angenommen. In einem Zug leerte er seine Tasse und setzte sie vorsichtig wieder ab. Seine Hand fuhr durch das dichte, lockige Haar, das im Nacken von einem braunen Gummi zum Pferdeschwanz zusammengehalten wurde. Ohne dass er es verlangt hatte, tauschte

Martina seine leere Tasse gegen einen neuen Cappuccino. Wortlos verrührte er den Zucker darin und stierte in den Schaum.

»Haben Sie noch weitere Fragen?«

Ich hatte keine Lust, weitere Zeit mit Jemandem zu vertun, den ich möglicherweise durch meine patzige Antwort verärgert hatte und der nach den passenden Worten suchte, um mich abzuwimmeln. Die riesige Handfläche, die er mir entgegenhielt, deutete an, dass ich ruhig sein sollte. Ein *Pssst* unterstrich diese Geste noch.

»Das war gut, Mädel ... wirklich gut. Das hätte ich mich damals nicht gewagt, als ich mich um eine Stelle bewarb. Mein Lehrherr hätte mich vermutlich die Treppe runtergeworfen. Und mein Vater ... oh Gott ... der hätte mir eine Abreibung verpasst. Mutig, mutig ... das muss ich sagen. Das mit Ihren Eltern tut mir leid, ein sicherlich schweres Schicksal. Geben Sie mir ein paar Tage Zeit, um mich zu entscheiden. Ich werde mich dann bei Ihnen unaufgefordert melden. Ich muss jetzt auch zur Schwimmhalle ... Sie wissen ja ... die beiden Jungs.«

Kessler hielt mir die Hand entgegen, die ich nur zögernd ergriff. Er drehte sich mit einem verbindlichen Lächeln ab und strebte dem Ausgang zu.

»Herr Kessler?«

Er drehte sich noch einmal um und sah mich fragend an.

»Gibt es neben mir noch weitere Bewerberinnen ... oder bin ich die Einzige?«

Es war spürbar, dass er nach Floskeln suchte. Schließlich sprach er das aus, was ich hören wollte.

»Nein, Frau Richter, Sie sind die einzige Bewerberin.«

»Dann frage ich mich, Herr Kessler, warum Sie für eine Entscheidung noch Tage benötigen. Jetzt stehe ich vor Ihnen, kann all Ihre Fragen beantworten, alle Zweifel beseitigen oder bestätigen. Wenn Sie mich ablehnen, können Sie das doch besser jetzt tun. Ich fände es einfach fairer, als wenn Sie mich noch einige Tage im Ungewissen zappeln lassen würden. Ich wäre Ihnen deshalb auch nicht böse. Nur dieses Warten ... das ist nicht mein Ding. Ich weiß immer gerne recht früh, wenn man mich nicht mag. Sagen Sie es frei heraus, bitte.«

Wieder ruhten diese seltsam faszinierenden Augen auf mir, ließen die Zweifel in mir wachsen, ob ich mit dieser Forderung nicht zu weit gegangen war. Zwei Schritte dieses Riesen reichten aus, bis er direkt neben mir stand und sich eine gewaltige Hand auf meine Schulter legte.

»Martina, darf ich dir deine neue Kollegin vorstellen? Zeig Manuela bitte, wie es bei uns zugeht. Ich muss jetzt die Kröten abholen. Willkommen in unserem Center, Manuela ... so war doch Ihr Name, oder? Den Papierkram erledigen wir morgen.«

Meine Beine wollten den Dienst versagen, als ich auf den mächtigen Rücken dieses Mannes starrte. Nur sehr schwer brachte ich meine innere Anspannung unter Kontrolle. Die zitternden Hände versteckte ich in den Taschen der Jeans.

»Wow. Was hast du denn mit dem Chef angestellt? So schnell hat der sich noch nie für Jemanden entschieden. Komm, ich zeig dir alles.«

Kapitel 4

»Das hast du dem wirklich so gesagt? Du musst verrückt gewesen sein. Oh Gott, das hätte ich mir nie
erlaubt.«

Mama saß mir mit weit aufgerissenen Augen gegenüber und drückte meine Hand. Immer wieder sah sie zu
Papa hinüber, der unserer Unterhaltung am Tisch
scheinbar ohne jegliches Interesse gefolgt war. Über
den Rand der Zeitung, die er wie einen Schutzwall vor
sich aufgebaut hatte, sah ich sein Schmunzeln, als hätte
er eine besonders amüsante Story gelesen. Er ließ
meinen Bericht unkommentiert. Ein eindeutiges Zeichen dafür, dass er die Vorgehensweise befürwortete
und er vor Stolz fast platzte.

»Meine Tochter!«

Mehr trug er zu diesem Thema nicht bei. Dass
Mama das Thema sehr beschäftigte, war unübersehbar.
Ihre Hände zitterten leicht, als sie versuchte, die Butter
auf der Brötchenhälfte zu verteilen. Ich nahm ihr das
Messer aus der Hand, da ich schon einmal eine tiefe

Schnittwunde nach dem Frühstück behandeln musste. Mit einem dankbaren Lächeln händigte sie mir das Brötchen aus und ließ zu, dass ich ihr den selbst gemachten Pflaumenmus, den sie über alles liebte, darauf verstrich. Mit beiden Händen umklammerte sie den Kaffeebecher, der die Aufschrift *We will rock you* trug. Beide waren stolz auf ihre große Sammlung von Porzellanbechern, die sie im Laufe der vielen Jahre angesammelt hatten.

Es war eine Manie meiner Eltern, sich bei jeder Gelegenheit einen solchen Becher zu kaufen. Ob es, wie in diesem Fall, die Premiere des Queen-Musicals in Köln war oder auch bei den vielen anderen Musik-Veranstaltungen. Immer musste es ein Becher aus der Merchandising-Ecke sein. Auch bei ihren vielen Reisen durch die Welt wurde der Rückflieger nicht eher bestiegen, bis die Andenkentasse im Reisegepäck verstaut war. Das war zu einer Zeit, als sie sich noch weite Reisen zumuteten.

Mit der Zeit wurde ich mir dessen bewusst, wie wichtig ihnen diese Erinnerungen heute sein mussten. Immer wieder beobachtete ich Mama, wenn ihre Finger liebevoll, mit verträumtem Blick, über die Aufdrucke glitt. Papa bekam dann immer feuchte Augen und nahm sie in den Arm. Diese Andenken an weite Reisen waren wichtig für sie, lieferten ihnen schöne Erinnerungen. Papa meinte immer, dass ihnen sowas Niemand jemals wieder nehmen könnte.

Papas Frage riss mich aus meinen Gedanken. Er senkte die Zeitung etwas und sah mich über den Rand der Lesebrille an.

»Ich habe gestern noch mit Mama darüber diskutiert. Natürlich ist es letztendlich deine eigene Entscheidung, aber willst du es dir nicht nochmal überlegen, ob du zum Studium wirklich nach München ziehst? Sieh mal, bei diesen großen Universitäten bist du so verloren. Dir fehlt in der Regel jegliche Verbindung zu den Dozenten und es wird viel mehr Selbstständigkeit von dir erwartet. Da bist du mit Magdeburg oder Regensburg viel besser dran. Das ist doch viel familiärer und du bist näher dran, wenn du etwas mit den Dozenten zu besprechen hast. Sicher ist da weniger los, aber du könntest, wenn du Regensburg wählst, sogar bei Tante Rosi wohnen. Die würde sich freuen, und es sind nur wenige Kilometer von Bad Abbach zur Uni. Denk mal darüber nach. Ich habe noch vor wenigen Tagen mit ihr ...«

»Papa, bitte hör auf damit. Ich habe noch nicht einmal die Bewerbungsschreiben raus. Du tust ja so, als hielte ich schon die Immatrikulation in den Händen. Gib mir noch Zeit zum Nachdenken. Jetzt möchte ich erst einmal etwas Luft aus dem Arbeitsleben schnuppern und mir ein paar Euro verdienen. Die Bewerbungsfrist für die Uni ist ja noch lange hin. Und ich habe mich ja noch gar nicht endgültig für München entschieden, das war doch nur eine Idee. Da gibt es ja auch noch Heidelberg oder Berlin. Macht euch bitte nicht schon jetzt verrückt. Ich schaffe das schon. Solltest du mich allerdings aus dem Haus haben wollen ...«

»Manu, wie kannst du sowas auch nur denken? Papa meint das nicht so. Der wird sowieso unausstehlich werden, wenn du einmal aus dem Haus bist.«

»Das weiß ich doch, Mama. War doch nur Spaß. Ich hab euch lieb.«

Da saßen sie vor mir. Zwei erwachsene Menschen, die sich an den Händen hielten und ihre fast volljährige Tochter mit einem gequälten Lächeln betrachteten. Ich wollte es mir gar nicht vorstellen, was passierte, wenn ich eines Tages mit gepackten Koffern vor ihnen stehen würde. Ohne dass ich es verhindern konnte, legte sich meine Hand über Mamas. Eine Szene, die ich sicher irgendwann einmal vermissen würde. Schon oft hatten mich die Sorgen gequält, wie es hier weiterging, wenn ihnen die kleinen Hilfen wegfallen, die ich ihnen geben konnte. Niemand konnte voraussagen, wie sich ihre multiple Sklerose auf Dauer auswirken, sich und sie verändern würde. Man nannte sie nicht ohne Grund die Krankheit mit den tausend Gesichtern. Dabei musste doch gerade ich es am besten wissen, wie gut sie sich organisieren konnten.

Als ich abends auf dem Bett lag und meinen Gedanken nachhing, stahl sich ein Schmunzeln auf mein Gesicht. Viele schöne Erlebnisse mit ihnen füllten mein bisheriges Leben aus, doch dieser besondere

Tag in der Schalke-Arena würde mir wohl ewig im Gedächtnis bleiben. Er zeigte mir, wie meine Eltern das Leben wirklich sahen.

Kapitel 5

Mama war überglücklich. Sie riss die Arme hoch und feierte das Ausgleichstor der Schalker Knappen gegen Hertha BSC. Jörg Böhme war für sie der absolute Held des Tages. Papa lächelte, als er in die strahlenden Augen seiner geliebten Rita sah. Sie übertraf seine Liebe zum Schalke 04 noch um ein Vielfaches und besaß jedes Saisontrikot, kannte jede Zeile der Fangesänge. Das lebensgroße Poster des anbetungswürdigen Trainers Huub Stevens schmückte die Stirnwand ihres kleinen, aber feinen Lesezimmers. Besonders stolz war sie auf das Selfie, das sie mit ihm auf dem Trainingsgelände zeigte. Es wurde an einem Tag geschaffen, als sie ohne fremde Hilfe aufrecht am Spielfeldrand stehen konnte. Das handsignierte Buch *Fallrückzieher*, die Lebensgeschichte des Schalker Fußballgottes Klaus Fischer, ruhte in einer besonderen Vitrine und hatte den Status des Unantastbaren. Es wurde nur zu besonderen Anlässen wirklich guten Freunden gezeigt. Anfassen? Nur über Mamas Leiche.

Ab und zu ließ ich mich dazu überreden, die Beiden zu Heimspielen in die Arena zu begleiten. Ich musste zugeben, dass ich es nur ihnen zuliebe tat, da mein Herz nicht unbedingt am Fußball hing. Meine Leidenschaft gehörte dem eleganteren Tanzsport. Vehement verteidigte ich vor dem Start nach Gelsenkirchen mein Outfit, das eine blau-weiße Grundfärbung einfach nicht zuließ. Aus einem reinen Selbstschutz heraus verzichtete ich aber auf die Farbe Gelb in der Kleidung. Immer wieder verzweifelte ich an der Tatsache, dass mir das Bemühen zunichtegemacht wurde, Mama durch Föhnen eine schöne Frisur nach dem Duschen zu zaubern. Diese verfluchte Wollmütze in Schalke-Farben zerstörte in Sekunden alles, was ich im Schweiße meines Angesichts geschaffen hatte. Vom Block U hatten wir einen recht guten Blick über das Geschehen auf dem Rasen. Mama schrie begeistert mit, wenn die Nordtribüne das Wort *Schalke* intonierte und die Südtribüne mit *04* antwortete. Dann bebten nicht nur die Tribünen, sondern auch die Rollstühle meiner Eltern.

Nichts erinnerte in dem Augenblick daran, dass zumindest Mama noch kurz vor der Abfahrt eine Infusion mit Kortikosteroide erhalten hatte, die einen mittelschweren Schub bei ihr abmildern konnte. Nur sehr wenige Menschen im Rund dieser gewaltigen Halle wussten davon, dass meine Eltern schon viele Jahre unter der Geißel der multiplen Sklerose litten.

Eigentlich erstaunlich, da sie aus dieser Krankheit niemals ein Geheimnis machten. Sie war irgendwann einfach da und hatte sie mit ihren tückischen Anfällen überfallen. Doch sie hatten den Kampf dagegen aufgenommen und waren nicht gewillt, ihn zu verlieren. Jeden Tag aufs Neue rang mir diese Einstellung höchsten Respekt ab, da ich wusste, wie hinterhältig und überraschend die Krankheit zuschlagen konnte.

Das Spiel ging schließlich mit einem 3:1-Sieg für die Knappen zu Ende und bereitete meinen Eltern einen traumhaft schönen Tag. Der Aufzug, mit dem wir zum Haupteingang hinunterfuhren, war erfüllt von Freudengesängen der ausschließlich in blauweiß gekleideten Anhänger, die sich um die Rollstühle drängten. Ihr Gegröle konnte nur teilweise durch meine Kopfhörer abgemildert werden, über die ich mir vorsichtshalber *Sussido* von Phil Collins gönnte. Kurz bevor wir das Erdgeschoss erreichten und sich ein halbvoller Becher Bier über Papas Blouson ergossen hatte, zog ein überaus euphorisch wirkender Fan an meinem rechten Ohrhörer und schrie mir das inhaltsreiche Wort *Schalke* in die Ohrmuschel. Der Tinnitus setzte ohne Verzögerung ein und brachte mich an den Rand einer Verzweiflungstat. Nur die beruhigende Hand meiner Mutter hielt mich davon ab, dem Wahnsinnigen meine frischlackierten Fingernägel durch sein vom Alkohol entstelltes Gesicht zu ziehen. Nur ihr mildes Lächeln und das kaum wahrnehmbare Kopfschütteln stoppte meine aufkeimende Wut über diese Rücksichtslosigkeit. Die Kratzspuren wären im Gesicht des Betrunkenen wohl niemals verheilt, da ich mir die Fingernägel schon aus purer Opposition heraus, knallgelb lackiert hatte. Eine Farbe, die in diesem Hause selbst harmlosen Honigbienen übel genommen wurde.

Wir warteten einen Augenblick, bis der Strom der siegestrunkenen Fans Richtung Ausgang endlich abebbte und die sperrigen Elektro-Rollstühle gefahrlos bewegt werden konnten. Wir wählten, um zum Transporter zu gelangen, den jetzt schlammigen Ötte-Tibulski-Weg. Stundenlanger Regen hatte den Untergrund aufgeweicht, sodass ich arge Bedenken hatte, ob die Rollstühle die Strecke problemlos schaffen würden. Als wir eine Gruppe von angetrunkenen Fans der gegnerischen Mannschaft aus Berlin überholen wollten, musste Mama in die morastige Wiese ausweichen. Ein sattes Schmatzen zeigte deutlich, dass das schwere Gerät dankbar vom weichen Boden aufgenommen worden war, der nicht gewillt war, es jemals wieder freigeben zu wollen. Mamas Haar und Mütze waren zwischenzeitlich vom Regen völlig durchnässt. Das Wasser lief ihr in Strömen hinter den Kragen, den Rücken hinunter. Die kleinen Räder des Rollstuhls drehten durch und kündigten damit einen zeitraubenden Aufenthalt mit kostenfreiem Blick auf die so geliebte Veltins-Arena an.

»Oh, das tut uns leid. Hey Jungs, lasst uns mal anpacken. Da steckt ein Schalker in der Scheiße. Na ja, gnädige Frau, einen Vorteil haben Sie ja durch Ihre Behinderung gegenüber Ihrem Verein ... Sie können nicht absteigen.«

Der Joke gefiel ihm so gut, dass er wie ein Bär im Zirkus um die eigene Achse tanzte. In der Berliner Gruppe wurde es augenblicklich still, als man merkte, dass sich dieser lange Schlacks mit seinen ungepflegten Haaren in fataler Weise im Ton vergriffen hatte. Jeder sah auf den Übeltäter, der den Fehler im gleichen Augenblick bemerkte. Er blieb wie angewurzelt stehen und machte sich ganz klein. Sogar Mama hatte es für einen Augenblick ebenfalls die Sprache verschlagen, bis sich ein erneutes Lächeln auf ihrem Gesicht zeigte.

»Hör mal, du Berliner Großmaul, das hat Schalke bis 1988 dreimal hinter sich gebracht. Damit ist seitdem endgültig Schluss. Ich steige nicht wegen der Krankheit, sondern aus purer Solidarität mit meinem Verein nicht mehr ab. Nachdem Hertha zuvor als Fahrstuhlmannschaft fünf mal in der Zweiten Liga war, habt ihr erst wieder 2011 gegen einen Verein wie Schalke 04 in der höchsten Klasse spielen dürfen. Also schön die Füße still halten, mein Freund. Und jetzt stemmt mal die Socken in den Schlamm und helft einer Frau aus dem Mist, die das nicht mehr aus eigener Kraft schafft. Mein Mann kann das nämlich auch nicht mehr ... der schlappe Vogel.«

Die Erleichterung machte sich bei allen Beteiligten breit. Johlend drängten sich die Männer, die ebenfalls in Vereinsfarben, also blauweiß gekleidet waren, um das festsitzende Gefährt und versuchten, es wieder frei zu bekommen. Mit einem wilden Aufschrei rutschte der junge Mann, der zuvor den Mund weit aufgerissen hatte, aus und legte sich neben den Rollstuhl in den Schlamm. Mama sah auf ihn herunter, während seine Kameraden sich vor Vergnügen auf die Schenkel klopften.

»Ich würde Dir ja aufhelfen, aber ich kann leider nicht absteigen.«

Das Lachen der Gruppe schallte über die angrenzenden Parkplätze und erregte die Aufmerksamkeit der Schalke-Fans, die immer noch diskutierend in Gruppen zusammenstanden. Einige näherten sich den gegnerischen Anhängern, als sie bemerkten, dass diese augenscheinlich eigene Schalke-Leute bedrängten. Als sie bis auf wenige Meter herangekommen waren, steuerte Papa seinen Rollstuhl zwischen die Gruppen und hob beruhigend die Hände. In breiter Front bauten sich die Schalker vor den Gegnern auf. Die Fäuste waren geballt. Es lag eine beängstigende Spannung in der Luft.

»Kein Grund zur Aufregung. Wir feiern nur gemeinsam den Schalke-Sieg und sind dabei etwas vom Weg abgekommen. Jetzt, wo ihr einmal da seid, könntet ihr vielleicht sogar helfen, den Rollstuhl meiner Frau wieder auf den Weg zu stellen. Gemeinsam sind wir stärker, oder Jungs? Beim Rückspiel in Berlin können wir ja dann gemeinsam ein Bierchen im Olympia-Stadion schlabbern. Also, auf geht´s, Leute.«

Mir war das Herz stehen geblieben, als sich die Schalker Meute bedrohlich näherte. Papa hatte die Situation sofort erkannt und eine Eskalation verhindert. Mama verschwand kurzzeitig in einem Knäuel von johlenden Männer, die den havarierten Rollstuhl noch bis zum Auto eskortierten. Erst nachdem die Berliner Jungs den Text von *Blau und weiß, wie lieb´ich dich* laut mitgesungen hatten, gingen alle Arm in Arm zu ihren Fahrzeugen, nicht ohne uns nochmal zugewunken zu haben.

Die Erleichterung stand meinen Eltern ins Gesicht geschrieben, was ich durch Blicke in den Rückspiegel immer wieder feststellen konnte. Sie hielten sich an den matschbeschmierten Händen, die sie gefühlte hundert Mal schütteln mussten, und tauschten Blicke, die ihre tiefen Gefühle zueinander deutlich zeigten.

Kapitel 6

Langeweile gab es im City Fitness nie, da dieses Sportcenter sehr gut besucht wurde. Angenehm empfand ich die Tatsache, dass es sich bei den Besuchern fast ausschließlich um Gäste handelte, die es auf ein niveauvolles Miteinander anlegten. Muskelbepackte, mit anabolen Steroiden vollgepumpte Körper suchte man hier vergebens. Ein testosterongesteuertes Verhalten, das so manchem Studio ein schlechtes Image verlieh, fehlte hier völlig. Das Miteinander sowohl unter den Gästen als auch im Team war einfach umwerfend. Beeindruckend, aber auch gewöhnungsbedürftig war für mich, dass allgemein ein Du gepflegt wurde, ohne Rücksicht auf die Stellung und das Alter. Damit erklärten sich die Mitglieder schon in den Satzungen einverstanden. Ab und zu erwischte ich mich allerdings noch dabei, dass ich bei älteren Gästen ein Sie gebrauchte. Schon nach wenigen Tagen fühlte ich mich angenommen. Kurz, die Arbeit machte sogar Spaß.

Was mich besonders freute, war die Tatsache, dass ich Mama dazu überreden konnte, Mitglied zu werden. Die Krankenkasse bewilligte ihr Kurse, sodass sich die Mitgliedsbeiträge im erträglichen Rahmen bewegten. Bei Papa war ich diesbezüglich auch schon auf einem guten Weg, denn er beobachtete mit Wohlwollen, wie gut es Mama tat, Körper und Geist aufzubauen. Die Zeit würde es richten, da war ich mir sicher.

»Manu, könntest du mir einen Eiweißshake mit Heidelbeeren zubereiten? Aber heute nur die kleine Portion, ich werde gleich zuhause essen. Wenn ich was auf dem Teller lasse, dann ist stets eine Erklärung dafür fällig. *Hat es dir nicht geschmeckt, Schatz?* Das will ich mir auf jeden Fall ersparen.«

Doktor Hanisch kam immer mittwochs am Vormittag, um sein Pensum im Ausdauer-/Kraft-Training zu absolvieren. Ich mochte diesen liebenswerten Kahlkopf, der schon vor Jahren seinen Dienst im Krankenhaus beendet hatte. Seine Fertigkeiten in der Gefäßchirurgie waren legendär. Das erfuhr man so nebenbei an der Servicetheke. Ich hatte mir vorgenommen, ihn irgendwann darauf anzusprechen, warum er nie daran gedacht hatte, diese große Geschwulst auf seiner rechten Wange entfernen zu lassen. Schließlich war er doch an der Quelle. Er zog einen Hocker näher zur Servicetheke und ließ sich ächzend darauf nieder. Das Handtuch lag locker um seinen mageren Hals, der überdeutlich einen tanzenden Kehlkopf zeigte. Ich fand es bewundernswert, wie sich dieser Mann gegen den normalen Verfall des Körpers stemmte. Andere Männer, die auf sechsundsiebzig Lebensjahre zurückblickten, hatten sich längst aufgegeben und saßen lieber vor der Glotze. Doktor Hanisch besaß nicht nur den eisernen Willen, dem Alterungsprozess zu trotzen, er besaß auch die nötige Portion Humor, die den Geist wach hielt und ihn vor dem Verfall bewahrte. Einfach ein liebenswerter Mensch ohne Allüren.

Die Hand auf meinem Hintern ließ mich erstarren. Ich musste mich bücken, um den vorgekühlten Mixbehälter aus dem Eisfach zu holen. Die Empörung über diese Dreistigkeit trieb mir die Röte ins Gesicht. Mit der Absicht, dem Grabscher ordentlich die Meinung zu geigen, fuhr ich herum und blickte in die leuchtenden Augen der kleinen Christina. Der quirlige Lockenkopf strahlte mich an, sodass meine Wut blitzartig verschwand. Sie legte beide Hände um meine Taille und lehnte ihren Kopf gegen meinen Bauch. Erleichtert drückte ich die Fünfjährige und fuhr ihr durch die blonden Haare.

»Ich bin´s nur, Manu. Habe ich dich vielleicht erschreckt? Mama zieht sich schon für ihr Turnen um. Bringst du mich in den Kinderhort? Sven hat mir gesagt, dass er mich zu seinem Geburtstag zu sich einlädt. Ich weiß gar nicht, was ich ihm schenken soll. Kannst du ...«

»Langsam, langsam, du kleiner Wirbelwind. Ich muss erst noch was erledigen, dann zischen wir beide ab, damit du zu Sven kommst. Der wartet schon auf seine kleine Freundin. Fass mal an hier. Ist kalt, nicht wahr?«

Christina zog schnell ihre kleine Hand wieder zurück, die sie kurz auf den Mixbehälter gelegt hatte.

»Was machst du damit?«

»Ich muss für den netten Herrn da einen Eiweißshake machen. Der ist sehr gesund, weil da auch noch viele Heidelbeeren reinkommen. Du kannst mir helfen. Gib mir mal den Behälter mit den Beeren rüber.«

Mit großem Eifer verfolgte Christina, wie ich den Shake zubereitete. Die Beeren durfte sie selbst darauflegen. Doktor Hanisch verfolgte unsere Arbeit mit einem Lächeln und bedankte sich überschwänglich bei der Kleinen.

»So, jetzt aber flott ins Spielzimmer. Komm, meine Süße.«

Christina war in den letzten Wochen zu meinem liebsten Sonnenschein geworden, der nun vergnügt an meiner Hand neben mir her hüpfte. Für jeden, der sich auf den Sportgeräten quälte, hatte sie ein nettes Wort. Sie war der Liebling aller Gäste. Kaum hatte ich die Tür zur Kinderbetreuung geöffnet, stürmte Sven uns entgegen und riss mir die Süße von der Seite. Er zerrte sie in eine stille Ecke und redete auf sie ein. Ich wechselte mit Maja, die heute als Aufsicht eingeteilt war, einen Blick. Beide fragten wir uns, was diese beiden Kinder wohl an Geheimnissen austauschen mochten.

Am Service-Point stauten sich mittlerweile die Besucher und warteten geduldig darauf, endlich einchecken zu dürfen. Ganz am Ende der Theke entdeckte ich Mama, die ihre Sporttasche neben sich abgestellt hatte und mich anstrahlte. Sie besaß die VIP-Karte, mit der sie sich direkt über ihren eingearbeiteten Chip anmelden konnte. Geduldig wartete sie, bis ich die Gäste abgefertigt hatte. Gemeinsam mit Annegret, die jetzt ihren Dienst angetreten hatte, ging das sehr flott.

Der Betrieb an der Service-Theke erinnerte mich an die Abfertigung beim Check-in am Flughafen.Vor drei Jahren durfte ich mit Papa nach München fliegen, wo er seinen neuen BMW direkt in der dortigen Niederlassung abholte. Auf der langen Rückfahrt erzählte er mir von einigen kleinen Abenteuern aus seiner Junggesellenzeit. Natürlich musste ich ihm das große Indianerehrenwort geben, es vor Mama unbedingt geheimzuhalten. Es war nichts dabei, dessen er sich schämen müsste, das wurde mir klar. Doch von da an teilten wir beide ein Geheimnis. Ich war so unendlich stolz darauf.

Kapitel 7

Freddy und Massimo sahen von ihrem Lageplan auf und konzentrierten sich auf das Motorengeräusch, das kurze Zeit später erstarb. Eine Autotür fiel ins Schloss, Schritte näherten sich der Schuppentür. Richard schob die beiden Rolltore weit auseinander, sodass der Blick auf den Wagen frei war.

»Voilà, unser Fluchtwagen. Gerade frisch eingetroffen. Geile Karre, oder?«

Abwartend blieb er im Eingang stehen und sah auf die beiden Kumpane, die wortlos das Auto betrachteten. Freddy sah verständnislos in das Gesicht von Massimo, das zu Freddys Leidwesen nur ein zufriedenes Lächeln zustande brachte. Dessen Wut wuchs. Nur schwer konnte er einen Anfall vermeiden. Er suchte verzweifelt nach Worten, ohne dabei die Fassung zu verlieren.

»Was genau war deine Aufgabe, Richard? Was solltest du heute Vormittag für uns erledigen? Bitte erinner dich daran.«

»Was soll jetzt diese blöde Fragerei? Bin ich hier in der Schule? Du hast mir gesagt, dass wir ein Fluchtauto brauchen. Und? Ist das kein Auto? Was soll das Theater nun? Hääh?«

Auf Freddy ruhten nun zwei Augenpaare, die eine Antwort erwarteten. Beide Männer wussten tatsächlich nicht, worauf ihr Kumpel hinaus wollte. Freddy verdrehte die Augen und versuchte, Ruhe zu bewahren.

»Nun gut, dann nochmal von vorne. Wir wollen morgen in das bepisste Studio, um da die Familie Klosterhard zu entführen. Die kommen in der Regel zu dritt. Vater, Mutter und Tochter. Ist das soweit klar?« Beide nickten. »Entführen bedeutet, dass wir die Herrschaften mitnehmen. Hört ihr? Wir nehmen sie mit! Dazu brauchen wir ein passendes Fahrzeug. Das dürfte selbst euch klar sein. Wenn wir die drei Vögel nehmen und uns drei noch dazuzählen, wie viel Personen sind wir dann insgesamt? Na los, ich warte Richard.«

Massimo schnippte mit den Fingern und präsentierte das Ergebnis. Stolz blickte er in die Runde.

»Sechs. Ist doch klar, drei und drei sind sechs.«

»Ich hatte Richard gebeten, du Arschloch. Der sollte mir seine Rechenkünste vorführen. Also gut, das wären sechs Personen. Und was haben wir hier vor dem Schuppen stehen? Sagt es mir.«

Richard trat gegen den Kotflügel und kam mit in den Hosentaschen vergrabenen Händen auf den Tisch zu, an dem seine Kumpane saßen.

»Willst du mich eigentlich verarschen? Hier steht genau das, was du wolltest. Was soll das Gefasel mit den Personen? Die Karre rollt gut und war schnell zu kriegen. Der Fahrer wird sich gewundert haben, als die Kiste weg war, nachdem er zurückkam. Wir haben ein Auto, oder etwa nicht?«

Nun sprang Freddy auf und ging mit großen Schritten auf Richard zu, der erschrocken einen Schritt zurückwich. Er spürte Freddys harte Hand an seiner Jacke, die ihn zum Auto zog.

»Ja, du Spasti, wir haben ein Auto. Aber musste das ausgerechnet ein Pizzataxi sein? Da stehen noch zig Kartons drin, die ausgeliefert werden sollten. Ist dir aufgefallen, dass da eine Riesenreklame von dem Laden draufsteht? Der Fahrer wird nicht nur dumm geguckt haben, sondern sofort die Bullen verständigt haben. Die suchen bestimmt schon stadtweit nach einem blutroten Renault mit der Aufschrift Ristorante Italia.

Und dann noch eine Kleinigkeit. Wie sollen wir darin sechs Personen unterkriegen? Kannst du mir das erklären?«

»Aber ...«

»Nix aber, du dämlicher Sack. Du stellst diese Kiste jetzt irgendwo in der Umgebung ab und verpisst dich schleunigst. Ich will doch nicht in einer Zelle landen, weil man mir die Entführung von dreißig Mafiatorten nachgewiesen hat. Auf gehts´s!«

Freddy fuhr herum, als er Massimos Riesenhand auf seiner Schulter spürte.

»Könnten wir denn nicht wenigstens ein paar Kartons hierbehalten? Ich meine nur ... ist ja noch lange hin, bis wir wieder was zu futtern kriegen. Dann könnte ich Elena auch direkt für heute Abend ...«

»Ich halte das nicht aus. Bin ich denn nur noch von Wahnsinnigen umgeben? Ihr könnt doch nicht nur ans verdammte Fressen denken. Schafft mir, verdammt nochmal, die Karre aus den Augen, bevor ich durchdreh!«

Freddy fasste sich mit beiden Händen an den Kopf. Hilfesuchend sah er zum Schuppendach, als erhoffe er sich vom Schöpfer einen Beistand. Richard stand wie festgemeißelt im Schuppeneingang. Freddy näherte sich drohend.

»Kannst du erkennen, was das hier ist?« Freddy zeigte auf seine Füße.

»Ja sicher, das sind deine Schuhe.«

»Und genau die stecken gleich in deinem Arsch, wenn du nicht in zehn Sekunden mit dem verdammten Wagen verschwunden bist. Ich werde mich selber um einen anderen Wagen kümmern. Und gib vorher dieser fleischgewordenen Lebensmittelvernichtungsmaschine einige Pizzakartons, damit der nicht vor lauter Schwäche vor unseren Augen zusammenbricht.«

Massimo gab ihm einen Klaps gegen den Hinterkopf, der Freddy einen Meter nach vorne stolpern ließ.

Anschließend marschierte er zum Auto und sortierte mehrere Pizza-Kartons aus, die er auf dem Tisch stapelte.

Richard setzte sich, immer noch beleidigt, hinter das Steuer und verschwand mit dem Pizza-Taxi um die nächste Hausecke. Als er wieder am Treffpunkt eintraf, saßen seine Partner kauend am Tisch und diskutierten lautstark über die mickrigen Zahlungen, die monatlich vom Arbeitsamt geleistet wurden. Die Welt war so ungerecht.

»So, jetzt gehen wir den Plan noch ein letztes Mal durch. Vergesst bloß nicht, wann ihr euren Einsatz habt. Davon hängt alles ab. Seht euch die Fotos noch einmal an, damit ihr nicht die falschen Leute verschleppt. Die Klosterhards kommen so um etwa elf Uhr. Bisher parkte der Alte seinen Jaguar immer unter den Fenstern der Männer-Umkleide. Nachdem die sich umgezogen haben, klettern alle drei zuerst auf die Ergometer. Anschließend ...«

Massimo zog das Pizzastück wieder zurück, in das er gerade beißen wollte und sah Freddy erstaunt an.

»Worauf klettern die? Was ist ein Ergodingsbums?«

»Heilige Scheiße, was ist nur mit euch los? Wie konntet ihr bisher überhaupt überleben? Wisst ihr was? Wir werden morgen mal in das Studio gehen und so tun, als würden wir uns für eine Mitgliedschaft interessieren. Dann seht ihr mal vor Ort, was die für Geräte haben und wo ihr euch die Klosterhards krallen könnt. Das hat ja überhaupt keinen Zweck, wenn ich Dinge erkläre, die ihr noch nie gesehen habt. Aber den restlichen Plan können wir ja trotzdem schon durchgehen.«

Ausdruckslose Gesichter ließen bei Freddy Zweifel daran aufkommen, dass man ihn überhaupt verstanden hat. Sein Finger lag auf einem Punkt des Planes, den er zwischen leeren Pizzakartons ausgebreitet hatte.

»Genau hier parken wir den Wagen.«

»Welchen Wagen?«

»Verdammt, Massimo, ich sagte doch, dass ich den selbst besorgen werde. Hörst du überhaupt zu? Also, die Karre steht hier unter dem Baum. Dann steigen wir aus und gehen ganz ruhig in den Laden. Vorher zieht ihr euch die Masken über. Nicht vergessen. Die Klosterhards werden genau hier sein. Dann haltet ihr dem Alten den Püster unter die Nase und sagt ihm ganz ruhig, dass er und seine Bagage mitkommen sollen. Wenn der nicht spurt, helft ihr etwas nach. Ich warte an der Service-Theke und sorge dafür, dass keiner die Bullen ruft. Dann verschwindet ihr mit den Dreien und schmeißt die in den Wagen. Massimo bleibt hinten bei denen, du fährst. Wenn ihr am Eingang anhaltet, spring ich rein und ab geht die Post, zurück zum Schuppen. Das dauert nur ein paar Minuten, dann haben wir die Goldesel unter Dach und Fach. Noch Fragen?«

»Was mache ich, wenn der Alte sich wehrt?«

»Dann haust du ihm was auf die Fresse. Ist das so schwer? Aber denkt daran, wir brauchen die lebend. Außerdem musst du die Scheißer mit Kabelbinder fesseln. Wenn einer von den anderen Leuten im Studio aufmuckt, einfach einmal in die Decke schießen. Dann kuschen die schon.«

Richard stieß Massimo in die Seite.

»Sei mit der Knarre bloß vorsichtig. Nicht dass du aus Versehen einen von uns triffst. Man kann ja nie wissen.«

»Glaubst du tatsächlich, dass ich euch scharfe Munition in die Hand drücke? Wenn die Sache schief läuft, kriegen wir fünfzehn Jahre. Nee, ich habe Platzpatronen besorgt.»

Freddy schaltete sich schnell dazwischen, als er sah, dass Massimo bereits zum Schlag ausholte. Er machte sich Sorgen, dass die Feindschaft der beiden Idioten noch zu Problemen führen könnte. Zu diesem Zeitpunkt wusste er noch nicht, dass dies nur sein kleinstes Problem sein sollte.

Kapitel 8

Massimo nahm seiner Schwester mit einem dankbaren Lächeln den heißen Teller ab, auf den sie ein Riesenstück noch dampfende Lasagne gelegt hatte. Während er aß, wanderten seine Gedanken in die geliebte Vergangenheit.

Das gemeinschaftliche Essen am Abend war ihnen immer noch wichtig, da es ein Gefühl der Zusammengehörigkeit, von Familie vermittelte. Schon als Kinder gewöhnten sie sich daran, mit den Eltern und der Oma an einem Tisch zu Abend zu essen. Dabei wurde über den ablaufenden Tag gesprochen, ein Ritual, das von allen geliebt und gepflegt wurde.

Der Unfall der Eltern riss sie wie ein Tornado aus dem friedlichen Alltag. Massimo fiel deshalb schon als Kind in eine tiefe Depression, was ihn später immer wieder im Alltag einholte. Er vernachlässigte die Arbeit, was häufig dazu führte, dass ihn die Firmen auf die Straße setzten. Der innere Zwang, allein für die Familie sorgen zu müssen, führte dazu, dass er kleine, geringbezahlte Jobs annehmen musste, bis ... ja, bis er diesen Freddy auf einer Baustelle kennenlernte.

»Woran denkst du? Dich quält doch etwas, das sehe ich dir an.«

Elenas Frage ließ ihn zusammenzucken. Ein Stück Lasagne fiel neben den Teller auf die mit Herbstblumen liebevoll bestickte Tischdecke. Hastig bemühte er sich, die Nudel wieder auf die Gabel zu schieben. Die Tomatensoße verteilte sich neben dem Teller und verschlimmbesserte das Ergebnis.

»Lass nur Massimo, das ist kein Beinbruch. Die Decke kommt in die Wäsche und gut iss. Was bedrückt dich, Bruderherz? Du schleppst doch was mit dir herum, was dir Sorgen bereitet. Lass es raus. Du weißt doch. Wenn man die Sorgen teilt, sind sie nur noch halb so schlimm. Und ich bin schließlich deine Schwester.«

»Da ist nichts, mach dir keine Sorgen. Ich denke nur über Freddy nach. Wir haben da was zu erledigen, mit dem ich noch nicht so richtig klarkomme.«

»Was gibt es denn mit diesem fiesen Zeitgenossen zu erledigen? Das kann doch nichts Legales sein. Dieser Dreckskerl hat doch noch nie ehrliches Geld verdient. Wo zieht der dich denn da rein?«

Massimo stocherte in seiner Lasagne herum und suchte nach einer glaubhaften Lüge, denn die Wahrheit würde Elena nie verstehen, sie auf keinen Fall akzeptieren.

»Nein, nein, diesmal ist das anders. Wir müssen nur ein paar Tonnen Altmetall nach Holland bringen. Da fallen ein paar Riesen für uns ab.«

»Habe ich richtig gehört? Ein paar Riesen? Willst du mir erzählen, dass euch eine Firma so viel Geld zahlt, nur, damit ihr Altmetall nach Holland karrt? Du verschweigst mir doch was, Massimo. Könnte es sein, dass dieses Altmetall noch auf vier Rädern steht und geklaut wurde? Du kannst mir nicht erzählen, dass dieser Dreckskerl was tut, für das man nicht ins Gefängnis muss. Mensch überleg dir das gut. Ich will das nicht erleben müssen, dass mein Bruder in einer Zelle sitzt.«

Elena konnte sich nicht vorstellen, wie groß die Versuchung bei Massimo war, seiner Schwester die Wahrheit zu sagen. Noch nie zuvor hatte er sie angelogen. Immer, wenn er nervös war und angestrengt nachdachte, färbte sich die breite Narbe an seinem Hals dunkelrot, die ihm in jungen Jahren ein Junge aus einer anderen Bande mit dem Messer beibrachte. Elena kannte das. Schon früh musste er sich behaupten, wobei ihm seine mangelhafte Schulausbildung immer wieder neuen Ärger bereitete. Die Kinder hänselten ihn und handelten sich deshalb des Öfteren herbe Prügel ein. Niemand durfte ihn ungestraft einen Blödmann nennen – niemand.

»Ich sehe es dir an, Massimo, dass das nicht die ganze Wahrheit ist. Doch bitte sei vorsichtig. Diesem

Kerl darfst du niemals trauen. Der verkauft seine Mutter für ein Butterbrot. Wenn du das Gefühl hast, dass er Unrechtes tut, mit dem du nichts zu tun haben willst, schmeiß alles hin und bring dich in Sicherheit. Die Strafe für Unrecht wird jeden irgendwann einholen. Dieser Freddy wird eines Tages für immer hinter Schloss und Riegel landen, glaub es mir.«

Massimo grunzte zufrieden, als Elena ihre Arme um seinen Hals schlang und ihm einen satten Kuss auf die Wange drückte. In seinem Inneren wehrte sich alles gegen das Vorhaben, ein ungutes Gefühl machte sich breit. Wenn es allerdings glatt verlief, würde für jeden von ihnen eine stolze Summe von mindestens hunderttausend Euro rausspringen. Das hatte Freddy versprochen. Morgen würden sie erst einmal die Lage checken. Freddy hatte ein Probetraining im City Fitness abgesprochen.

Kapitel 9

Ansgar, Leiter des Trainerteams, erschien heute eine Stunde früher. Das war nicht unbedingt aufsehenerregend, aber überraschte doch, da wir alle wussten, dass er sich mitten in der Renovierung seines Hauses befand. Wie wir später erfuhren, hatte er sich dazu bereit erklärt, das Probetraining für drei Interessenten persönlich zu übernehmen. Die drei Freunde wollten gemeinsam den Weg der körperlichen Ertüchtigung gehen. Für das Studio bedeutete das drei neue, zahlende Mitglieder und den Beweis, dass der gute Ruf immer wieder Neukunden anlocken konnte.

Es mochte ein Versehen gewesen sein. Der Mann im Ballonseidenanzug, der als Erster eintrat, schien vergessen zu haben, dass ihm noch jemand folgte. Die Eingangstür federte zurück. Sie schlug dem folgenden, schmächtigen Typen krachend gegen die Schulter, sodass der wiederum gegen einen dritten Gast, einen Riesenkerl, geschleudert wurde. Dieser ließ den Gepeinigten wie einen Softball von der gewaltigen Brust abtropfen. Den nicht gesellschaftsfähigen Fluch konnte der Geschädigte nicht mehr unterdrücken. Einige Gäste, die sich noch an der Service-Theke aufhielten, konnten ein leichtes Grinsen nicht unterdrücken, konzentrierten sich jedoch sofort wieder auf ihre Tätigkeiten. Dem vorwurfsvollen Blick des Betroffenen wollte sich niemand aussetzen. Als er seine Schimpfkanonade fortsetzen wollte, legte sich die Hand des Hünen, der hinter ihm eingetreten war, auf den Mund. Seine unflätigen Bemerkungen gingen dadurch in einem undeutlichen Gebrabbel unter. Die Riesenhand bedeckte fast sein gesamtes Gesicht.

Als die Gruppe sich dem Empfang näherte, versuchte ich, einen neutralen Gesichtsausdruck zu demonstrieren, was mir nur teilweise gelang, denn meine Augen dürften mich verraten haben. Das ungleiche Trio versammelte sich vor der Theke. Immer noch zischten sie sich gegenseitig Beschimpfungen zu. Der Wortführer drehte sich mir nun endgültig zu.

»Entschuldigen Sie bitte, aber wir verstehen uns ansonsten immer blendend. War nur ein Versehen. Mein Name ist Klaus Kellner. Ich hatte uns zum Probetraining angemeldet. Der Trainer hat uns gesagt, dass ...«

»Ich weiß, Herr Kellner. Ihr Trainer Ansgar wartet schon auf Sie. Dort drüben, der schlanke, große Herr im Studiodress wird gleich zu Ihnen kommen. Setzen Sie sich doch bitte solange dort in den Café-Bereich.

Darf ich Ihnen etwas bringen? Einen Kaffee, etwas Kaltes?«

»Das ist sehr nett von Ihnen, aber wir möchten jetzt nichts, danke.«

Der Hagere, der zuvor an der Tür Mittelpunkt des Sandwiches war, stupste seinen Kumpel in die Seite und flüsterte ihm zu.

»Warum hast du denn nichts kommen lassen? Die Getränke sind doch bestimmt für lau. Ich hätte bei ner Pulle Bier bestimmt nicht nein gesagt.«

»Hör zu, du Saufziege. Ich glaube kaum, dass du hier Alkohol kaufen kannst. Wir sollten so wenig wie möglich auffallen. Reiß dich bloß zusammen.«

Der Angesprochene murmelte etwas Unverständliches vor sich hin und warf sich auf den Stuhl. Stumm über die Zurechtweisung nachdenkend, beobachtete er die Gäste, die sich schwitzend um ihre Fitness bemühten. Er schüttelte den Kopf.

»Wie kann man nur so bekloppt sein und sich das freiwillig antun? Die schwitzen wie die Schweine und strampeln sich nen Wolf. Guck dir die bescheuerten Gesichter an, die müssten doch Schmerzen ohne Ende haben, die Irren. Was machen die? Die lachen auch noch dabei. Das muss mir mal jemand erklären. Ich hätte danach nen mordsmäßigen Muskelkater.«

Er schrak hoch, als ihn Ansgar ansprach, der sich mittlerweile zu den Dreien gesellt hatte. Die letzten Worte hatte er noch mitbekommen.

»Was hättest du denn gerne erklärt bekommen? Jetzt und hier ist der beste Augenblick für Fragen. Raus damit.«

»Ach, eigentlich ist ja alles klar. Tommy hat nur mit allem und jedem ein Problem. Das darfst du nicht so ernst nehmen.«

»Wieso Tommy? Wer ist hier ...?

Tommy fasste sich an das Bein, als ihm ein Schuh vor das Schienbein knallte. Erst als er in die wütenden Augen seines Kumpels sah, fiel ihm wieder ein, dass er heute Nachmittag mit diesem Pseudonym leben musste. Ansgar überging diese Szene, da er ihren wahren Grund nicht zuordnen konnte.

»Nun, wenn ich euch drei so betrachte, würde ich sagen, dass wir bei Tommy ein Ausdauer-/Kraft-Training ansetzen sollten. Bei euch beiden denke ich, dass ihr was für die Ausdauer tun möchtet. Bei eurem Körperbau dürfte Kraft kein so dringendes Thema sein.«

Nun blickte er den Riesen direkt an.

»Du bist doch sicher der Hantelfresser, wenn ich deine Arme und die Schultern so betrachte? Da steckt ja eine Wahnsinns-Kraft drin.«

»Ich hab´ mal geboxt. Mach aber schon lange nix mehr mit diesen Sport. Der Trainer meinte, dass ich viel zu schnell aus der Nase blute und zu langsam wäre. Die wollten an der Nase rumoperieren, Gewebe verätzen oder sowas Ähnliches. Da hab ich ...«

Der Anführer fiel ihm ins Wort, als er befürchtete, dass sich der Kumpel um Kopf und Kragen redete.

»Pietro, lass uns doch lieber mit Ansgar die Räume ansehen. Dafür sind wir doch hierher gekommen, oder?«

»Ja gut, liebe Freunde. Wenn Pietro allerdings einmal Lust verspüren sollte ... wir haben drüben im Nachbargebäude eine Trainingsfläche extra für Boxer. Die kann ich ihm ja später mal zeigen. Jetzt gehen wir erstmal durch die Räume. Wir fangen oben an mit den Umkleideräumen, dann zeig ich euch den Sauna- und Ruhebereich. Die Kursräume werden euch sicher nicht so interessieren. Aber oben auf der Empore weise ich euch bei den Milon-Geräten ein. Die würde ich für den Anfang empfehlen.«

»So, das waren der Umkleideraum und die Duschen. Jetzt gehen wir runter in die Sauna. Dann zeige ich euch noch den Ruheraum und die Massagebank. Anschließend geht es dann an die Geräte.«

Ansgar hielt die Tür auf und betrachtete die drei so unterschiedlichen Männer, die sich an ihm vorbeischoben. *Solche Typen hatten wir hier noch nie. Würde mich schon überraschen, wenn die wirklich einen Vertrag unterschreiben.* Die Gedanken schossen ihm spontan durch den Kopf. Freunde verhielten sich einfach anders. Bei den Männern verfestigte sich das Gefühl, dass sie sich absolut nicht ausstehen konnten.

Er wusste zu dem Zeitpunkt noch nicht, wie recht er haben sollte.

Die Gruppe näherte sich wieder der Service-Theke, hinter der sich Miriam als Verstärkung gesellt hatte. Mir entging nicht der Blick, den sie Ansgar zuwarf, als er mit den drei Männern zum Milon-Bereich hochstieg. Beide glaubten, dass ihr Verhältnis unentdeckt geblieben wäre. Doch selbst die Gäste amüsierten sich zusehends darüber, wie beide sich bemühten, es zu verbergen. Ich fand es absolut süß, wenn sie kleine Zettel im Vorbeigehen austauschten, auf denen sie Herzchen und sonstige Nettigkeiten geschrieben hatten. Miriam hatte mir das Versprechen abgerungen, ihre Beziehung geheim zu halten. Vor einigen Tagen hatte ich einen Zettel aufgehoben, der ihr versehentlich aus der Hand fiel. Die Worte *ich liebe dich* waren noch mit kleinen Herzchen versehen worden. Ohne weiter darauf einzugehen, drückte ich ihr die Botschaft einfach in die Hand. Von diesem Augenblick an waren wir dicke Freundinnen.

Während Ansgar die Funktionen der Geräte erklärte, spürte ich die gierigen Blicke, mit denen der schmächtige der drei Typen Miriam von der Galerie aus betrachtete. Zugegeben, sie war in ihrem hautengen Dress, der perfekten Figur und dem langen, schwarzen Haar ein absoluter Hingucker. Doch diese von animalischer Geilheit geprägten Blicke waren wir im Studio nicht gewohnt. Der Typ hielt seinen Kumpel am Ärmel seines Trainingsanzugs fest und flüsterte ihm seine schmutzigen Gedanken so laut zu, dass selbst ich es hinter der Theke verstehen konnte.

»Guck dir mal die heiße Braut da unten an. Die verstößt bestimmt gegen alle Brandschutzbestimmungen. Ich finde, hier sollten wir ein Weilchen bleiben.«

»Hast du sie noch alle beisammen? Denkst du nur mit dem Unterleib. Hast du vergessen, warum wir hier sind?«

Der Kumpel zischte ihm die Worte warnend zu, zumal ihm der böse Blick von Ansgar nicht entgangen war, der jedes Wort verstanden hatte. Die Reaktion folgte prompt.

»So, meine Herren, das war alles, was ich euch zeigen wollte. Habt ihr noch irgendwelche Fragen? Ich muss mich jetzt um einen Stammgast kümmern. Schließlich gibt es hier auch Mitglieder, die ernsthaft an ihrer körperlichen Fitness arbeiten möchten und nicht Sklaven ihrer Hormone sind. Wenn dann nichts mehr unklar ist, könnt ihr euch ja in den nächsten Tagen melden. Raus findet ihr allein?«

Freddy drehte sich zum hinter ihm sitzenden Richard um. Seine Augen funkelten, während er ihn anfuhr.

»Du bist ein so bescheuertes Arschloch. Tut das eigentlich nicht weh, wenn man ständig mit einem Ständer in der Hose rumläuft? Verdammt nochmal, du sorgst dafür, dass der Coup platzt, nur weil du deine

Schnauze immer wieder aufreißen musst. Und jedes Mal kommt nur Müll raus. Nimm dir mal ein Beispiel an Massimo. Der ist wenigstens ruhig, auch wenn er nicht alles mitkriegt.«

Freddys Kopf schlug auf das Lenkrad, als die Pranke seinen Hinterkopf traf. Er drückte seine Hand auf die blutende Nase und sah wütend auf Massimo.

»Ich habe es euch schon mehrfach gesagt, dass ihr nicht sagen sollt, dass ich doof bin. Das stimmt nämlich nicht. Und du, Richard, hör auf zu grinsen, sonst hau ich dir auch was auf die Fresse. Freddy, fahr endlich los, ich hab Kohldampf!«

Kapitel 10

Immer wieder sah ich auf die Uhr. Mama hatte beim Frühstück erwähnt, dass Papa sie um etwa vierzehn Uhr mit dem Auto am Center absetzen würde. Er hatte heute seinen Skatnachmittag mit Freunden der MS-Selbsthilfegruppe. Danach holte er sie gewöhnlich abends wieder ab. Ein Supertiming, da ich dann auch gleichzeitig mitfahren konnte. Mit fünfzehn Minuten Verspätung schob sich dann endlich der Rollator durch die Eingangstür, den Mama zur Vorsicht immer mitbrachte. Ein unverhoffter Krankheits-Schub war jederzeit möglich, dann wollte sie gewappnet sein. Das Heck von Papas Auto sah ich noch durch den Türschlitz verschwinden.

»Dieser Verkehr ist heute schrecklich, überall Staus. Hast du mir übrigens die Massage-Bank für sechzehn Uhr reserviert, mein Kind? Heute brauche ich ein paar Streicheleinheiten.«

Mama lächelte, als ich stumm nickte und die Liste demonstrativ hochhielt. Sie schob ihren zusammengeklappten Rollator neben sich her, als sie Richtung Umkleidekabinen lief. Sie drehte sich kurz vor Erreichen der Tür um und rief mir so etwas zu, wie:

»Ich soll dich von Familie Klöppel grüßen, die haben wir im Supermarkt getroffen.«

Wer war schon Familie Klöppel? Sie hatten, solange ich denken konnte, immer Abstand gehalten. Für sie waren meine Eltern sowas wie »die Unberührbaren«. Sie lebten wohl in dem Wahn, dass MS eine ansteckende Krankheit war. Nicht ein einziges Mal hatten sie uns zuhause besucht, oder zu sich eingeladen. Lediglich ein kurzer Plausch auf der Straße. Ich gebe zu, dass mir solche Menschen zuwider sind. Geradeheraus ist mir da lieber.

Ich winkte ihr zu und füllte weiter den Kühlschrank auf. Die Abendschicht hatte dazu weniger Zeit als ich. Schon beim Aufschauen erkannte ich, dass sich die Zwillinge der Theke näherten. Wir vom Team nannten sie so, da sie alles, aber auch wirklich alles, gemeinsam taten. Sie kamen zusammen, bewegten die gleichen Geräte, gingen gemeinsam in die Sauna und tranken nach dem Training den obligatorischen Milchkaffee. Eigentlich waren die Frauen so verschieden, wie man unterschiedlicher nicht sein kann. Marianne war korpulent, groß und stets albern, wogegen Heike die Mini-Maße einer dünnen Zaunlatte besaß und meist ziemlich verschlossen war. Trotzdem mochten sich die beiden Damen. Während sie am Tresen Platz nahmen, bereitete ich gewohnheitsgemäß den Milchkaffee zu. Zwei Tütchen Zucker für jede, das war klar.

Kein Schweißtropfen zierte die Stirn der Zwillinge. Es hätte mich auch überrascht, da sie unser Sportcenter zumeist nur als Treffpunkt sahen und keinen Wert darauf legten, unnötig Kalorien zu verbrennen. Marianne meinte, es hätte schließlich verdammt viel Geld gekostet, sich die kleinen Pölsterchen anzufuttern. Was soll´s, sie waren nett, und nur das zählte.

Eines musste man Mama lassen. Sie besaß noch immer den Körper einer Endzwanzigerin, obwohl sie bereits die Zweiundvierzig erreicht hatte. Ich war hoffnungsfroh, die Gene geerbt zu haben. Die Trainingskleidung saß hauteng und betonte vorteilhaft ihre Figur. Sie füllte sich ihre Trinkflasche mit Wasser und steuerte selbstbewusst das Laufband an, wo sie ihre Muskulatur aufwärmen wollte. Immer trug sie dieses zufriedene Lächeln auf dem Gesicht. Ihr Trainingsprogramm war erstaunlich straff. Ich war davon überzeugt, dass es dem Zweck diente, sich gegen die Geißel der Krankheit aufzulehnen. Sie gab niemals auf, kämpfte immer wieder die Anfälle nieder, von denen auch sie nicht verschont blieb. Mein Respekt vor ihrer Lebenseinstellung war riesengroß. Mama war mein unangreifbares Vorbild.

Mir fiel fast die Dose mit dem Eiweißpulver aus der Hand, als die Eingangstür gegen die Wand schlug.

»Die Flossen hoch! Das ist ein Überfall!«

Die Worte schallten durch den vorderen Eingangs-bereich. Die Musik, die relativ laut die Gäste bei Stimmung halten sollte, übertönte jedoch alles.

Nur die drei älteren Gäste, die sich auf den vorderen Laufbändern befanden, nahmen von den drei Gestalten Notiz, die hinter schwarzen Strumpfmasken versteckt, zwischen Eingang und Servicetheke mit Pistolen herumfuchtelten.

Ich stieß Miriam in die Seite, die in aller Seelenruhe weiter die Gläser in die Regale sortierte. Sie hatte bisher begeistert *Rihannas* Erfolgssong *Sledgehammer* mitgesungen, der als Video über die überall in den Räumen verteilten Bildschirme rauschte. Verständnislos sah sie mich an, folgte dann meinen angstgeweiteten Augen. Die Eiweißdose in meinen Händen entwickelte ein Eigenleben und begann zu zittern. Vorsichtig stellte ich sie auf die Ablage zurück und verfolgte Miriam, die sich selbstbewusst auf die drei seltsamen Besucher zubewegte.

»Was können wir für euch tun? Ich habe nicht richtig zugehört.«

Der kräftig gebaute Maskierte, der unserer Theke am Nächsten stand, schlug den Kolben der Waffe auf den Tresen und funkelte Miriam durch die Schlitze seiner Maske an.

»Wo sind die drei Klosterhards? Die sollen sofort hierher kommen. Los, worauf wartest du Schlampe noch? Beweg deinen Arsch gefälligst!«

Erst jetzt schien Miriam zu begreifen, dass es sich nicht um einen dummen Scherz handelte. Sie stolperte rückwärts und stieß mit dem Rücken heftig gegen die Arbeitsplatte, die den mittleren Bereich der Servicetheke bildete. Nun setzte auch bei ihr ein heftiges Zittern ein. Etwas in mir zwang mich dazu, mich ihr zu nähern und den Arm um ihre Schultern zu legen. Miriam befand sich in einer erschreckenden Schockstarre, die in Sekundenschnelle eingetreten war. Ich schüttelte sie.

»Miriam, komm ... was ist mit dir? Sag doch was.«

»Lass die Schlampe in Ruhe und komm hierher! Ich sag das nicht nochmal. Wo sind die bepissten Klosterhards?«

Plötzlich war sie da, diese Blockade. Sie lähmte nicht nur meine Glieder, sondern verhinderte auch, dass ich auch nur ein Wort über die Lippen brachte. Hilfesuchend sah ich mich um. Alles um mich herum schien seinen normalen Lauf zu gehen. Sogar die drei älteren Damen auf den Laufbändern, die das Geschehen schon von Anfang an beobachtet hatten, trotteten weiter auf den Geräten herum, unfähig, die Mechanik zu stoppen. Nur ihr starrer Blick zeigte mir, sie hatten registriert, dass hier etwas nicht stimmte. Eine Unaufmerksamkeit brachte eine von ihnen zu Fall, die schließlich vom weiterlaufenden Band brutal auf den Hallenboden entsorgt wurde. Ihr spitzer Schrei ging im Musiklärm unter.

Mein Blick irrte hoch zur Galerie, wo ich zwei Trainer wusste. Ansgar und Jens wiesen dort zwei junge Frauen in die Milon-Geräte ein. Der feste Griff des Mannes, der mich am Hals gepackt hielt und heranzog, riss mich aus der Starre. Gefährlich leise zischelte er mir die Warnung ins Ohr.

»Die Klosterhards. Wo sind sie? Willst du wirklich sterben für die Geldsäcke? Hol die Bande sofort hierher, sonst jage ich deiner Kollegin eine Kugel in die Birne!«

»Die sind heute nicht da. Die sind ...«

»Wie? Sind nicht da? Was soll die Scheiße? Die sind an diesem Tag immer da. Du willst mich verarschen.«

Der zweite Maskierte, dem die Kleidung um den mageren Leib schlotterte, näherte sich der Theke.

»Was hat die Tussi gesagt? Die sind heute nicht da? Wo treibt sich das Pack denn rum?«

Eine weitere Hand legte sich um meinen Arm und schüttelte mich. Meine Worte kamen nur stoßweise heraus.

»Die sind schon seit Sonntag in der Schweiz. Ich glaube in Davos. Ich weiß aber nicht, wann die wiederkommen. Ihr hättet vorher anrufen sollen, dann ...«

Der hagere Typ stieß mich mit einem wütenden Grunzen zurück und schrie seinen Partner an.

»Ich denke, du hast alles recherchiert. Lass uns abhauen, Freddy, bevor noch einer die Bullen anruft. Verdammte Scheiße aber auch.«

Mit seiner Faust trommelte er mehrfach auf den Tresen, was nun endlich die Aufmerksamkeit anderer Gäste weckte. Plötzlich ließ der erste Mann von mir ab und seine Faust hämmerte gegen die Schulter des Hageren.

»Hast du sie noch alle beisammen? Ich hatte befohlen, keine Namen. Wir heißen Eins, Zwei und Drei, verdammte Kacke. Willst du uns unbedingt in den Knast bringen?«

Aus den Augenwinkeln konnte ich Ansgar beobachten, der auf der Empore, hinter der Beinpresse versteckt, das Handy am Ohr hielt. Während er das Geschehen am Eingang beobachtete, telefonierte er mit der Polizei. Meine Angst war, dass die Situation eventuell eskalieren könnte, sobald diese auftauchte.

»Was machen wir denn jetzt ... Eins?«

Der hagere Typ zog den Pseudonamen provozierend in die Länge. Freddy, wie er ja schließlich in Wahrheit hieß, rückte seine Sturmhaube zurecht und trat von einem Bein auf das andere. Er war sich augenblicklich nicht im Klaren darüber, wie sein Plan B aussehen könnte. Es gab ihn einfach nicht. Nur noch die Musik erfüllte den Raum, da mittlerweile jeder im Raum mitbekommen hatte, dass sich im Eingangsbereich etwas Ungewöhnliches tat. Die ersten Neugierigen reckten die Hälse, zwei junge Männer kamen zögernd näher. Sie konnten die nächsten Worte des Anführers verstehen.

»Was hast du in der Kasse? Mach sofort die Kasse auf, sonst passiert hier was!«

Mit seiner Knarre deutete er auf eine Schublade, in der wir die Mitgliedsausweise aufbewahrten. Vorsichtig näherte ich mich der Theke, schob die immer noch zitternde Miriam beiseite und zog an dem Griff.

»Ganz langsam, Fräuleinchen, und keine falsche Bewegung. Ich will deine Pfoten sehen. Wenn du versuchst, die Bullen anzurufen, oder einen Alarmknopf drückst, verpasse ich dir eine. Wo ist denn jetzt die Kohle? Ich habe nicht den ganzen Tag Zeit.«

Freddy fuchtelte wie wild mit seiner Pistole herum, sodass mir angst und bange wurde. Jetzt zitterten auch meine Hände, als ich die Geldkassette hervorkramte und auf die Theke stellte. Als der Hagere an den Tresen sprang, machte ich einen Schritt zurück und beobachtete, wie er den Deckel hochriss und den Behälter wütend umstülpte. Das Kleingeld rollte über die Theke. Ein Eurostück fiel auf den Boden und rollte über die Fliesen, bis es direkt vor dem rechten Schuh des dritten Mannes, einem Hünen, liegenblieb. Regungslos hatte der das bisherige Geschehen beobachtet. Sein Blick ruhte auf dem Geldstück, nach dem sich der Hagere bückte. Kurz bevor der zugreifen konnte, schob sich die Schuhspitze des Riesen darüber.

»Lass den Scheiß, Massi ..., ich meine Drei. Was soll das? Wir müssen abhauen, bevor hier einer die Bullen ruft.«

Die letzten Worte gingen unter in dem Geheul der Polizeisirenen. Eins und Zwei versteiften sich, während der große Kerl völlig gelassen blieb. Ruhig schob er seine Waffe in eine der vielen Taschen seiner Uniformhose. Das Flackern der blauen Lampen zuckte durch die Fenster des Fitness-Centers und schufen eine unwirkliche Szene.

Kapitel 11

Hauptkommissar Knoll stellte das Foto seiner Enkelkinder wieder auf, das beim Stapeln der Ermittlungsakten umgefallen war. Kurz hielt er inne, dachte darüber nach, dass er die Kinder schon seit dem Streit vor drei Wochen mit seinem Sohn nicht mehr gesehen hatte. Es tat weh. Die Diskussion über die damalige Trennung von seiner Frau, Svens Mutter, war doch völlig überflüssig. Schon tausend Mal hatten sie diese geführt, was nie zu einem befriedigenden Ergebnis führte. Nun, da Elke schwer erkrankt war, hatte Sven sehr dünnhäutig reagiert und den Kontakt zu ihm abgebrochen. Das Fehlen der Enkelkinder schmerzte. Holger Knoll nahm sich vor, seine Ex in den nächsten Tagen zu besuchen und das Thema zu erörtern. Sie könnte, wie sie es früher immer getan hatte, zwischen Vater und Sohn vermitteln. Eigentlich verstanden sie sich nach der Trennung recht gut.

Immer, wenn ihn ein Problem sehr beschäftigte, fuhr er sich mit dem Finger über die lange Narbe, die sich quer über seine Stirn zog. Nachdem ihn damals bei dem Banküberfall die Pistolenkugel streifte, schwor er, sich niemals wieder ohne genügend Rückendeckung, in eine solch gefährliche Lage bringen zu lassen. Zwei Zentimeter weiter links und er wäre mit den beiden Geiseln in die Hölle gefahren. Auf die Auszeichnung durch den Polizeipräsidenten wegen seiner mutigen, selbstlosen Tat hätte er gerne verzichtet.

Das schrille Läuten des Telefons riss ihn aus seinen Gedanken. Warum er genau in diesem Augenblick darüber nachdachte, dass es Freitagnachmittag war und ein freies Wochenende vor ihm lag, konnte er sich nicht erklären. Ein ungutes Gefühl breitete sich wie ein Sturmwind in seinem Kopf aus. Er nahm zögernd ab.

»Überfall in Recklinghausen-Mitte. Das Fitness-Center in der Hubertusstraße. Drei bewaffnete, maskierte Männer sind dort eingedrungen und fordern Bargeld. Einsatzfahrzeuge sind schon vor Ort, sichern das Gelände und warten auf weitere Befehle.«

Knoll atmete tief durch. Genau diese Scheiße hatte er befürchtet. Sein Wochenende war auf unbestimmte Zeit verschoben worden. Ganz toll. Die Stimme seines Assistenten Kommissar Prenzel hatte die Situation ruhig und sachlich dargestellt.

»Habe ich richtig gehört? Da überfallen drei Männer ein Fitnesscenter? Da liegt doch das City Fitness, oder täusche ich mich? Was will man denn da mitnehmen? Wusste gar nicht, dass die eine so gut gefüllte Kaffeekasse haben, dass sich da ein Raub lohnt. Ich komme runter, sie fahren! Sagen Sie dem Einsatzleiter, dass keiner was unternimmt, bevor wir vor Ort sind.«

Der Omega der beiden Kripoleute erreichte den Parkplatz neben dem Center schon nach wenigen Minuten. Knoll versuchte, sich ein Bild der Lage zu machen. In der eintretenden Dämmerung erkannte er etwa zwanzig Fahrzeuge auf dem großen Parkplatz, die er den Center-Besuchern zuordnete. Weitere Autos parkten vor dem Gebäude der Diakonie. Polizeifahrzeuge hatten die Zufahrten gesichert, ihr Blaulicht verlieh dem Gelände etwas Gespenstisches. Uniformierte hielten Besucher davon ab, den Parkplatz zu betreten. Knoll blieb es ein Rätsel, woher die Zeitungsleute stets so schnell die Infos erhielten. Prenzel drängte einige von ihnen beiseite, die Knoll mit Fragen bestürmten.

»Macht euch vom Acker, verdammt nochmal. Wir kommen doch gerade erst an. Ihr werdet schon früh genug Details zu hören bekommen. Doch lasst uns jetzt unsere Arbeit machen.«

Prenzel strich den Ärmel seines eleganten Sakkos glatt, an dem ein Reporter gezerrt hatte. Das gesamte Präsidium wusste schon, kurz nachdem ihnen Prenzel aus Essen zugeteilt worden war, dass er einen großen Teil seines Gehaltes in Kleidung investierte. Wer diese beschmutzte, lebte gefährlich. Sein versnobt wirkendes Äußeres und der Pferdeschwanz, in den sein langes,

schwarzes Haar endete, durfte nicht darüber hinweg-
täuschen, dass er sich auch zu wehren wusste. Schon
oft hatte er sich außerdem durch seine hervorragende
Kombinationsgabe ausgezeichnet. Er wurde im Kolle-
genkreis, besonders bei der weiblichen Gruppe, schon
deshalb sehr geschätzt.

Die beiden Kripoleute steuerten auf eine abseits stehende Gruppe Polizisten zu, die sich angeregt unterhielten. Sie teilten sich und gaben den Blick auf Poli-
zeihauptmeister Schilling frei.

»Hallo Schilling. Sie waren mal wieder schneller als
ich. Gut, dass Sie das hier leiten. Also, was haben wir
bisher?«

»Der Anrufer, ein gewisser Ansgar Fenslau, gab uns
eine kurze Lagebeschreibung. Etwa um siebzehn Uhr
erschienen drei mit Sturmhauben maskierte Männer im
Vorraum des Centers und fragten nach bestimmten
Personen. Nähere Angaben dazu konnte dieser Ansgar
nicht machen. Als ihnen mitgeteilt wurde, dass diese
Personen nicht zugegen waren, meinte der Zeuge, dass
sie ihm völlig verunsichert erschienen. Spontan forderten sie die Bedienung auf, die Kasse herauszu-
geben, was die auch tat. Der Zeuge musste das
Gespräch beenden, da er ansonsten Gefahr lief, ent-
deckt zu werden. Alle drei waren mit Handfeuerwaffen
unbekannten Kalibers bewaffnet. Wir haben noch
keinen Überblick, wie viel Personen sich derzeit in
dem Studio aufhalten. Wir versuchen, mit dem Inhaber

Kontakt aufzunehmen, um eventuell eine klare Übersicht über die Räumlichkeiten zu erhalten.«

Knoll strich nachdenklich eine der wenigen verbliebenen Haarsträhnen zurück, die der auffrischende Wind ihm ins Gesicht getrieben hatte. Schon oft hatte er den Schöpfer dafür verflucht, dass er ihm so früh die geliebte Haarpracht nahm. Wieder blieb der Finger auf der Narbe hängen, rieb für einen kurzen Augenblick darüber. Niemand unterbrach den gewieften Hauptkommissar.

»Schilling, wie ich Sie kenne, ist das Gelände lückenlos gesichert. Also Leute, ich brauche eine Liste sämtlicher Mitglieder und der Angestellten. Da geht doch kein normaler Mensch in ein Fitnesscenter, um die Einnahmen zu klauen, wo heutzutage alles bargeldlos abgewickelt wird. Die müssen dort etwas Lohnenderes vermutet haben.«

Prenzels Stimme mischte sich unter die Ausführungen des Hauptkommissars.

»Dieser Ansgar erwähnte ja auch, dass die drei nach jemanden Bestimmten fragten. Erst als denen gesagt wurde, dass die nicht da waren, entschieden sich die Ganoven wohl spontan dazu, wenigstens die Kasse mitgehen zu lassen. Sollte das eine Entführung werden? Oder haben die Typen einen Angriff auf bestimmte Personen geplant?«

»Das klingt vernünftig, Prenzel. Genau das möchte ich anhand der Liste feststellen. Gibt es im Mitgliederbereich jemanden, bei dem sich eine Entführung lohnen würde? Finden wir eventuell Personen darunter, die wir der organisierten Kriminalität zuordnen können? Scheiße, eigentlich wollte ich an diesem Wochenende mal wieder ausspannen. Ich möchte gerne mit dem Inhaber sprechen. Haben wir den schon erreichen können?«

Ein Beamter aus der Gruppe meldete sich.

»Wir haben einen der beiden Geschäftsführer, einen Herrn Kessler erreichen können. Der ist auf dem Weg hierher und bringt uns den Bauplan des Architekten mit. Ich kann versuchen, ihn über das Handy zu erreichen, ich meine, wegen der Listen. Vielleicht hat er die ja irgendwo elektronisch verfügbar.«

»Ja, versuchen Sie es, kann ja nicht schaden. Aber halt, warten Sie noch. Da kommt ein Porsche durch die Absperrung. Das könnte er schon sein.«

Knoll und Prenzel näherten sich dem Fahrzeug, dem ein großer Mann entstieg. Mit einer Mappe unter dem Arm kam er den beiden Ermittlern entgegen. Knoll zeigte dem Zwei-Meter-Mann seinen Dienstausweis, und hielt sich nicht lange mit der Vorrede auf.

»Ich denke, dass Sie der Herr Kessler sind. Mein Name ist Hauptkommissar Knoll, das ist mein Kollege Kommissar Prenzel. Ich möchte mir ein Bild davon machen, wie es in Ihrem Center mit der Raumauftei-lung aussieht. Außerdem wäre es für uns wertvoll, eine ungefähre Vorstellung davon zu erhalten, wie viel

Personen sich Ihrer Erfahrung nach um diese Zeit dort aufhalten könnten. Ich erkenne unter Ihrem Arm eine Laptop-Tasche. Könnte es sein, dass Sie uns darüber Auskunft geben könnten, wer bei Ihnen als Mitglied angemeldet ist?«

Ohne dass ihm auch nur die geringste Erregung anzumerken war, nickte Kessler und sah auf den Eingang des Studios.

»Können Sie mir zuvor einen Überblick verschaffen, was hier überhaupt los ist? Ich habe bisher nur erfahren, dass mein Studio überfallen wurde und dass ich möglichst schnell kommen soll. Da bin ich.«

Knoll konnte die Frage gut verstehen und schob Kessler in Richtung eines Polizeibusses, der am Rande des Parkplatzes als Kommandozentrale platziert war.

»Wir wissen bisher lediglich, dass sich dort drin drei maskierte Männer befinden, die mit Handfeuerwaffen die Menschen bedrohen. Sie sollen nach einer bestimmten Person gefragt haben, die aber heute nicht zugegen ist. Daraufhin forderten sie die Herausgabe der Kasse. Das ist der Stand der Dinge. Das erfuhren wir von einem gewissen Ansgar Fenslau, der für einen kurzen Augenblick den Kontakt zur Polizeizentrale aufnehmen konnte. Jetzt müssen wir uns, wie ich schon sagte, den Überblick verschaffen über Räume und Anzahl der bedrohten Menschen. Wie kann ich Kontakt zu den Gangstern aufnehmen? Ich meine, gibt es eine Nummer, die ich anrufen kann, die direkt im

Empfang aufschlägt? Wir denken, dass sich die Typen noch dort aufhalten.«

Mit erstaunlich ruhigen Händen öffnete Kessler seine Mappe und zog ein Laptop heraus. Er rief den Lageplan des Studios auf und druckte ihn aus. Die Männer betrachteten das Areal.

»Ach du Scheiße, ist das riesig. Da gibt es ja verdammt viele Räume, in denen sich noch Gäste befinden könnten. Die werden wohl von ihrer prekären Lage noch gar nichts wissen. Das ist aber auch eine Chance, einige von ihnen unbeschadet aus der Gefahrenzone zu holen. Sehen Sie hier, meine Herren. Es gibt zu fast allen Räumen Fenster. Das ist unsere Chance, zumindest einige Menschen dort rauszuholen und unsere Leute einzuschleusen.«

Kessler war den Ausführungen still gefolgt und schüttelte den Kopf.

»Ganz so einfach ist das nicht, meine Herren. Sie werden verstehen, dass die Fenster aus Sicherheitsgründen nur von innen geöffnet werden können. Das trifft weitestgehend auch auf die sechs Fluchttüren zu. Die eine oder andere Tür lässt sich auch von außen mit einem Zentralschlüssel öffnen.«

Kessler deutete mit dem Finger an, wo sich die einzelnen Fluchttüren befanden. Schilling blickte in die Runde.

»Das dürfte für uns also kein Problem sein, dass ich meine Männer in das Objekt einbringen kann. Ich denke, dass Sie diesen ominösen Zentralschlüssel mitführen, oder?«

»Selbstverständlich.«

Knoll klopfte auf die Tischplatte und sah alle Anwesenden der Reihe nach an.

»Es gefällt mir zwar, dass wir problemlos in das Gebäude eindringen können, möchte aber zuvor die Risiken abchecken, dass unser Eindringen drinnen vielleicht zu früh bemerkt wird. Es darf auf keinen Fall zu einer Kurzschlusshandlung führen. Meine Herren, wir müssen immer das Wohlergehen der Menschen im Blick haben, die von bewaffneten Männern bedroht werden. Deren Bereitschaft, die Waffen anzuwenden können wir zum jetzigen Zeitpunkt nicht einschätzen. Also ist absolute Vorsicht geboten. Bevor wir einen Zugriff durchführen, will ich mit den Gangstern telefonieren.«

Allgemeines Nicken bestätigte Knoll, dass sein Team seine Bedenken genauso einschätzte. Schilling stieg aus und besprach die Lage mit seinen Gruppenführern. Der finale Zugriff sollte zumindest gut durchgeplant sein, wann immer er stattfand. Wie lange sich das noch verzögern sollte, konnte sich zu diesem Zeitpunkt niemand vorstellen.

Kapitel 12

Obwohl immer noch die Beschallung weiterlief und kurioserweise Grönemeiers *Was soll das* aus den Lautsprechern tönte, war es für unsere Ohren mucksmäuschenstill. Keines der Sportgeräte war in Betrieb. Kein Piepsen, wenn die Milon-Geräte die Perioden beendeten, kein Trampeln auf den Laufbändern, niemand ließ die Hantelstangen in die Halterungen fallen. Alle hielten inne und warteten das weitere Geschehen ab.

Direkt vor mir standen drei wildentschlossene Männer, die fassungslos auf die Fenster starrten. Immer wieder spiegelte sich darin blauer Lichtschein, der die Anwesenheit der Einsatzkräfte anzeigte.

Meine Angst wuchs. *Wie würden die Eindringlinge jetzt reagieren? So oft sah ich in Filmen schon Szenen von Geiselnahmen, die aus purer Panik heraus entstanden. Würde dieser Überfall ebenfalls in einem Blutbad enden, nur weil die Männer die einzige Lösung ihrer verfahrenen Situation in einer Gewaltorgie sahen?*

Miriam stand nur einen Schritt neben mir. Ihr ängstlicher Blick zeigte, dass sie ähnliche Gedanken quälten. Ihre Hand tastete nach meiner. Mit großer Kraft, die ihr die Angst verlieh, umfasste sie meinen Arm und zog mich näher heran. Das Beben in ihrem Inneren war spürbar. Immer wieder suchten ihre Augen die Galerie ab, auf der sie Ansgar wusste, den Mann, von dem sie sich Hilfe erwartete. Dessen Kopf sah ich nur in gewissen Abständen auftauchen und sofort wieder verschwinden. Sein Beschützerinstinkt war doch geringer ausgeprägt, als ich es mir vorher hätte ausmalen können. Er suchte derzeit noch die Sicherheit im Hintergrund. Dort oben wurden bestimmt schon Pläne geschmiedet, wie man die beiden hilflosen Frauen an der Servicetheke vor drei brutalen Gangstern schützen konnte. Nun ja, Träume waren wohl noch erlaubt.

»Verfluchte Scheiße!«

Der verzweifelte Ausruf fuhr wie eine Explosion durch den Riesenraum und ließ alle Beteiligten zusammenfahren. Selbst die beiden Kumpane von *Eins* sahen entsetzt auf ihren Anführer. Pure Ratlosigkeit stand in ihren Augen.

»Einer von euch Wichten muss die Bullen gerufen haben. Alle hier in dem Raum, ich sagte alle«, seine ausgestreckte Hand führte einen Halbkreis aus, »werden jetzt einzeln zu uns in die Mitte kommen. Wenn einer glaubt, er könne sich verpissen, der wird mich kennenlernen. Dem blas ich eigenhändig das

Licht aus. Ich zähle jetzt bis zehn, dann haben sich alle vor den Laufbändern versammelt. Eins, zwei, drei ...«

Die Ersten bewegten sich zum angegebenen Punkt und warteten mit zusammengezogenen Schultern das weitere Geschehen ab. Im Hintergrund, in der Nähe der Kursräume entstand eine leise Diskussion. Meine Augen suchten die Geräte ab. Irgendwo dort hinten musste sich doch Mama aufhalten.

»Du musst hochkommen, Rita. Die haben gesagt, dass alle nach vorne kommen sollen. Bitte, versuche es wenigstens. Wir helfen dir, komm hoch!«

Die Sätze fuhren mir durch die Glieder und lösten ein fürchterliches Tohuwabohu aus. Ohne weiter darüber nachzudenken, spurtete ich los. Das Geschrei hinter mir, ignorierte ich. Mama brauchte mich. Nichts auf der Welt konnte mich aufhalten.

»Bleib stehen, du Miststück! Ich knall dich ab, wie einen Hund. Bleib sofort stehen!«

Der hagere Typ, der sich mir in den Weg stellte, flog wie eine Gummipuppe gegen das Regal, das prallgefüllt mit Eiweißpulverdosen sich über ihn ergoss. Die jugendgefährdenden Flüche blieben hinter mir zurück, als ich Richtung Kursusräume sprintete. Gott weiß, woher ich die Kraft genommen hatte, diesen Dreckskerl wegzustoßen. Schwer atmend stieß ich auch die beiden Helfer beiseite, die an Mama zerrten und sie zum Aufstehen bewegen wollten.

»Mama, was ist passiert? Sprich mit mir.«

Ich warf mich neben sie auf den Boden und legte mein Ohr dicht an ihren Mund. Für mich stand fest, dass sie durch die Aufregung einen Schub bekommen hatte. Mühevoll hob sie den Arm und krallte sich an mir fest.

»Kannst du mich sehen und hören? Soll ich einen Arzt holen?«

Während sie den Kopf schüttelte, schrie ich verzweifelt in die Runde.

»Wo ist Doktor Hanisch, er war doch gerade noch hier? Holt mir den Doktor, meine Mutter hat einen Anfall ... bitte!«

Die leise gesprochenen Worte nahmen mir einen großen Teil meiner Anspannung. Mamas Lippen formten die Worte, die ich hören wollte.

»Manu, nur einen kleinen Augenblick noch, dann ist alles wieder gut. Ich kann im Augenblick nur schlecht sehen. Das geht vorbei, mein Schatz. Mach dir keine Sorgen. Der Anfall ist gleich vorbei.«

Hinter mir spürte ich Bewegung. Eine knochige, aber kräftige Hand drückte mich beiseite. Das vertraute Gesicht des Arztes tauchte auf.

»Lass mich mal schauen. Ach, du bist das Rita. Hat die Krankheit wieder zugeschlagen? Ein echter Schub, oder sind es nur die Augen? Ich habe dir beim letzten Mal schon gesagt, dass du dich beim Training etwas zurückhalten sollst. Deine Körpertemperatur darf nicht so hoch sein.«

Irritiert sah ich von einem zum anderen. Sie hatte mir bisher verschwiegen, dass es Probleme beim Training gab und sie mit Doktor Hanisch bereits Kontakt hatte.

»Worüber redet ihr beide da? Ich verstehe kein Wort. Was hat Mamas Sport mit dem Anfall zu tun? Würde mich mal jemand aufklären?«

Als Mama auf den fragenden Blick des Arztes nickte, sah er mich an und versuchte, mir die Situation zu erklären. Zumindest versuchte er es. Der Schrei des Anführers, der plötzlich neben uns auftauchte, unterbrach sein Bemühen. Doktor Hanisch spürte die Waffe an seiner Stirn und versteifte sich.

»Habe ich nicht laut und deutlich gesagt, dass ihr Idioten euch vor der Theke versammeln sollt? Habe ich das nicht?«

Seine Stimme überschlug sich. Die Waffe drückte weiter gegen die Stirn des Arztes.

»Ich will, dass ihr sofort ... und ich meine sofort ... den Arsch zur Theke bewegt, sonst ...!

»Was ist sonst? Wollen Sie den einzigen Arzt in diesem Raum erschießen? Wollen Sie das wirklich? Egal, was Sie auch immer tun werden, er wird zuerst meiner Mutter hier helfen. Sie braucht dringend seine Hilfe. Was sind Sie bloß für ein Mensch?«

Die Worte sprudelten nur so aus mir heraus. Wenn die Situation nicht so ernst gewesen wäre, hätte ich über die Reaktion lachen können. Ein kräftiger Arm schlang sich um die Hüfte des Anführers und zog den Mann wie eine Puppe zur Seite.

»Lass den Arzt helfen, sonst hau ICH dir was in die Fresse! Du kannst dich darauf verlassen, dass ich das tue, Freddy. Was ist, wenn die Frau stirbt? Willst du die Verantwortung dafür übernehmen? Doktor, mach weiter, der tut dir nichts. Dafür garantiere ich.«

Alle Umstehenden beobachteten gebannt das weitere Geschehen. Freddy, wie er genannt wurde, strampelte in den Armen des Hünen.

»Lass mich los, du Hirni, ich tu dem Kerl ja nichts. Aber alle anderen bewegen den Arsch zur Theke. Hopp, hopp.«

Dieser Freddy versuchte jetzt, aus der verfahrenen Situation noch das Beste zu machen, ohne völlig sein Gesicht zu verlieren. Die Umstehenden schoben sich eilig in die angegebene Richtung. Doktor Hanisch sah mich an. Ihm war die Erregung kaum anzumerken, obwohl noch vor Sekunden eine Waffe sein Leben bedrohte. Er drückte mir aufmunternd ein Auge zu.

»Ich will versuchen, dir das Problem mit wenigen Worten zu erklären, Manu. Bei der Krankheit deiner Muter unterscheiden wir Mediziner zwischen *echten Schüben* und *Pseudoschüben*. Bei der leichten Form, kann vorübergehend die Leistungsfähigkeit eingeschränkt werden. Bei deiner Mutter liegt die Ursache in dem Uhthoff-Phänomen. Hierbei vermindert sich die Sehfähigkeit für kurze Zeit dadurch, dass die

Körpertemperatur ansteigt. Ursache kann zum Beispiel ein Saunabesuch, Fieber, oder wie in diesem Fall, der Sport sein. Sie hat es mal wieder übertrieben, obwohl ich ihr zur Mäßigung geraten hatte. Und dann kommt noch dieser Wahnsinn dazu.«

Sein Blick ging in Richtung des Service-Centers, wo sich die meisten Mitglieder versammelt hatten. Alle sahen gebannt zu uns herüber. Die drei Maskierten hatten die Köpfe zusammengesteckt und diskutierten flüsternd.

»Wie lange wird das anhalten mit Mama?«

»Normalerweise geht das bei ihr schnell wieder vorbei ... so etwa eine bis zwei Stunden. Sie braucht jetzt aber Ruhe.«

Während ich erleichtert aufatmete, bemühte sich Mama bereits, allein auf die Beine zu kommen. Ihr Stöhnen fuhr mir durch alle Glieder und ließ mich und Hanisch zugreifen. Einen kurzen Augenblick später stand sie mit zitternden Gliedern neben uns. Obwohl ihre Pupillen noch stark flatterten, bemerkte ich in ihren Augen schon die Wut, die Entschlossenheit, die immer dann aufkam, bevor sie explodierte. *Oh Gott, hoffentlich verschärfte das nicht unsere Gesamtlage.*

Kapitel 13

Die Unruhe an der Parkplatzeinfahrt war nicht zu überhören. Zwei Polizisten versuchten, einen einzelnen Mann zu bändigen, der wild um sich schlagend, den Weg innerhalb der Absperrung erzwingen wollte. Mittlerweile hatte sich dort eine größere Menschentraube gebildet. Ständig blitzten die Kameras der Reporter auf. Der Mann schlug bereits auf die Beamten ein, die ihn nur mühsam beruhigen konnten.

»Prenzel, schauen Sie mal nach, was da los ist. Der Kerl ist ja völlig von Sinnen.«

Der Mann beruhigte sich zusehends, als er bemerkte, dass sich ihnen jemand näherte.

»Was können wir für Sie tun? Es darf niemand auf das Gelände, das wird man Ihnen doch wohl schon mitgeteilt haben. Also?«

»Meine Frau. Die ist da drin. Ich wollte sie abholen, aber man lässt mich nicht auf den Parkplatz. Sie kann alleine nicht ... sie ist krank.«

»Langsam, Herr ... wie heißen Sie eigentlich?«

»Richter, ich heiße Reiner Richter. Meine Tochter ist auch da drin. Ich muss ...«

»Nun mal langsam, Herr Richter. Ich muss sortieren. Ihre Frau ist da drin, sagen Sie. Was denn jetzt, Frau oder Tochter?«

Prenzel hatte Reiner Richter bereits aus dem Pulk der ständig drängenden Zuschauer herausgeholt und ging mit ihm langsam auf den Bus zu.

»Beide. Beide sind da drin. Was ist denn überhaupt hier los. Alle quatschen von Geiselnahme und mehreren Verletzten. Ich muss meine Frau ...«

Ich sage nochmal, bitte beruhigen Sie sich und erzählen in aller Ruhe, was es mit Ihrer Familie auf sich hat.«

»Meine Tochter, ich meine Manuela, ist in dem Laden angestellt. Sie hat heute Dienst. Und meine Frau trainiert. Ich wollte sie abholen. Sagen Sie mir jetzt endlich, was passiert da drin?«

Prenzel legte den Arm um Reiner Richter und schob in mit sanfter Gewalt in den Bus. Knoll und Schilling sahen fragend auf ihren Kollegen.

»Chef, der Mann heißt Reiner Richter und behauptet, dass sich seine Familie in dem Center aufhält. Das heißt, seine Tochter Manuela und seine Frau ...«

Fragend sah er auf den besorgten Ehemann.

»Wie heißt Ihre Frau nochmal?«

»Sie heißt Rita Richter. Sie ist krank und ich muss sie nach Hause bringen. Sie braucht ihre Spritze.«

Beruhigend legte Knoll seine Hand auf Richters Arm. Die Geschichte bekam eine unerwartete Wendung, die er bei dem weiteren Vorgehen berücksichtigen musste. Angestrengt dachte er darüber nach, inwieweit er den besorgten Familienvater in das bisherige Geschehen einweihen konnte. Er entschied sich für die Wahrheit in Light-Version.

»Hören Sie, Herr Richter. Wir alle hier stehen selbst noch vor einem Rätsel. Keiner kann derzeit einschätzen, was diese drei Männer, die in das Center eingedrungen sind, überhaupt wollen. Es hatte erst den Anschein, als wollten die jemanden Bestimmten dort bedrohen, oder vielleicht sogar entführen. Nach unserem Kenntnisstand ist diese Person allerdings heute nicht zugegen. Folglich, so vermuten wir, hat man sich zu einem schnöden Überfall, das heißt einen Raub, umentschieden.

Wir versuchen herauszubekommen, wer sich konkret derzeit in dem Gebäude befindet. Das betrifft Personal, aber auch Mitglieder. Der Inhaber, Herr Kessler, bemüht gerade sein System, um genau diese Daten herauszufiltern. Es gibt bisher noch keinen Grund, sich um Ihre Familie Sorgen zu machen. Es wurden noch keine Forderungen gestellt, was eine Geiselnahme vermuten lässt. Wir werden jetzt dazu übergehen, Kontakt zu den Männern aufzunehmen.«

Konzentriert hatte Richter zugehört. Immer wieder wanderte sein Blick zu Kessler, der auf den Tasten seines Laptops herumhämmerte. Prenzels Stimme holte Reiner Richter aus seinen Gedanken.

»Sie sagten, Herr Richter, dass Ihre Frau krank wäre. Könnten Sie uns dazu nähere Angaben machen? Es könnte ja immerhin sein, dass wir es hier mit einer besonderen Notfallsituation zutun bekommen, die entsprechende Maßnahmen erfordern.

Reiner Richter fühlte sich unwohl in seiner Haut, als sämtliche Blicke auf ihm ruhten. Er kämpfte mit sich, inwieweit er die Kripoleute in die Krankengeschichte seiner Familie einweihen sollte. Nachdenklich betrachtete er das markante Gesicht des Studio-Inhabers. Er gab sich einen Ruck.

»Wir leiden unter der multiplen Sklerose. Die Krankheit ...«

»Moment, was bedeutet wir? Sie sprachen bisher nur davon, dass Ihre Frau erkrankt wäre. Heißt das übersetzt, dass auch Sie und Ihre Tochter ...«

Reiner Richter spürte, dass sofort die Aufmerksamkeit von Kessler geweckt war, der von seiner Tastatur aufsah.

»Nein, nein, Manu ist gesund. Nur meine Frau und ich werden von dieser Krankheit gegeißelt. Wir haben uns damals in einer Selbsthilfegruppe kennengelernt. Es hat sofort bei uns gefunkt und, na ja, wir haben dann geheiratet. Eigentlich leben wir fast so wie alle anderen, normalen Menschen auch. Wir müssen nur ständig damit rechnen, diese Schübe zu bekommen, die dann das zentrale Nervensystem angreifen. Sie werden verstehen, dass ich mir ernste Sorgen um meine Frau mache. Schließlich dürfte das die Nerven wohl besonders angreifen. Wir müssen sie unbedingt dort rausholen.«

Wieder legte sich Knolls Hand beruhigend auf den Arm des besorgten Ehemannes. Er setzte gerade zu beruhigenden Worten an, als die Stimme von Kessler ihn unterbrach.

»So, ich habe die Datei gefunden. Ich trenne jetzt noch eben nach Mitarbeiter und Mitglieder. Wo kann ich ausdrucken?«

Schilling zeigte ihm im Druckermenü, welchen Wlan-Drucker er auswählen musste. Prenzel eilte zum Drucker und kam mit der Liste zurück. Die Männer vertieften sich in die Liste. Kommissar Prenzel reagierte als Erster.

Ich sehe hier insgesamt neun Mitarbeiter und sechzehn Gäste. Nun müssen wir einschätzen können, wo sich diese Menschen innerhalb des Gebäudes aufhalten könnten. Gibt es da Mitarbeiter, die sich im Bürotrakt in der ersten Etage bewegen könnten? Ich gebe zu bedenken, dass die eventuell noch gar nichts von dem Überfall bemerkt haben könnten. Die wären für uns die ersten Ansprechpartner. Finden Sie da welche auf der Liste, Herr Kessler?«

Der betrachtete die Liste auf seinem Bildschirm und schüttelte den Kopf.

»Nein, die Sekretärin hat heute frei, sehe ich. Alle Anrufe schlagen direkt im Service-Bereich auf. Ich habe heute Abend auch keine Kinderbetreuung, also ist der Bereich Gott sei Dank auch unbesetzt. Die Leute verteilen sich trotzdem noch auf unterschiedlichen Bereichen. Der überwiegende Teil hält sich im inneren Trainingsbereich auf, den wir vom Eingang aus einsehen können. Dann bleiben noch Sauna-, oberer Trainings-, Dusch- und Umkleidebereich. Mein Vorschlag. Wenn Sie jemanden abstellen, der vielleicht ein Foto oder Video vom Trainingsbereich machen kann, wissen wir, wer sich in den anderen Räumen befindet. Sie können durch die Fenster im Café-Bereich fast die gesamte Trainingsfläche einsehen.«

Prenzel strich sich den Schlips glatt und tippte auf die Liste.

»Wie können Sie sich sicher sein, dass sich nicht noch mehr Leute im Gebäude aufhalten? Eine Fehleinschätzung könnte im Ernstfall sehr fatal sein.«

»Sie müssen wissen, meine Herren«, Kessler klappte seinen Laptop zu, »dass heute keine Kurse stattfinden und sich somit nur VIP-Gäste dort befinden. Die loggen sich beim Eintreffen in der Regel ein, damit sie im Umkleidebereich einen Spind benutzen dürfen. Nach dem Training loggt man sich gewöhnlich aus. Da liegt allerdings der einzige Schwachpunkt, da das hin und wieder vergessen wird. Allerdings, wenn das jemand vergessen hat, ist er ja zumindest nicht mehr im Haus und fällt als Gefährdeter raus.«

Knoll hatte interessiert zugehört und nahm den Finger von der Stirnnarbe. Er wusste als erfahrener Kripomann, dass die Zeit nahte, den ersten Kontakt zu den Gangstern herzustellen. Aufkeimende Nervosität bei ungeplanten Geiselnahmen waren gefährlich und konnten auf Seiten der Ganoven zu Kurzschlusshandlungen führen.

»Leute, wir müssen jetzt aktiv werden. Schilling, Sie stellen einen besonnenen Mann ab, der mir Aufnahmen vom Innenbereich liefert. Der Vorschlag von Herrn Kessler war sehr gut. Ich brauche ein Telefon und die Zentralnummer. Das Spiel kann beginnen.

Sie, Herr Richter, bleiben an der Seite von Kommissar Prenzel, bewegen sich dort nicht weg. Ich kann Sie nur davor warnen, eigenmächtig tätig zu werden. Das kann sehr fatal für Ihre Familie und die restlichen Geiseln enden. Haben wir uns verstanden?«

Reiner Richter nickte und stieg mit Prenzel aus dem Wagen. Alle bewegten sich auf das Gebäude zu, in dem im gleichen Augenblick das gesamte Licht ausfiel. Das Gelände und das angrenzende Areal wurden kurzzeitig in tiefe Dunkelheit getaucht. Nur die blauen Lichter der Polizeifahrzeuge zuckten gespenstisch über den Parkplatz. Entsetztes Schweigen legte sich über die Menschen. Sogar die Horde der gierigen Reporter verstummte für kurze Zeit.

Kapitel 14

»Tu sowas nie wieder, Massimo. Ich muss bei diesen Leuten Druck aufbauen, sonst nehmen die uns nicht ernst. Kannst du das verstehen? Wenn die spüren, dass wir uns nicht einig sind, tanzen die uns auf dem Kopf herum. Du stellst dich auf die falsche Seite, wenn du versuchst, sie zu beschützen. Weißt du immer noch nicht, wer deine Freunde sind? Wir ... wir beide sind deine Freunde. Das darfst du nie vergessen. Diese Arschlöcher da in ihren albernen Sportklamotten werden nie auf deiner Seite sein, die werden dich und dein Leben niemals verstehen können. Die Geldsäcke gucken nur auf uns herunter, für die sind wir Müll, menschlicher Abfall. Glaube bloß nicht daran, dass die dich als Ihresgleichen sehen.«

Dieser Freddy hatte den Mann, der uns beschützt hatte, zur Seite gezogen und redete auf ihn ein. Der Hagere wanderte in dieser Zeit vor uns hin und her und fuchtelte mit seiner Waffe vor unseren Gesichtern herum. Durch die Schlitze der Maske funkelten uns

Augen an, die Gier, Hass und grenzenlose Überheblichkeit zeigten.

»*Eins*, was ist jetzt? Können wir die Pisser nicht irgendwo einsperren? Ich will hier langsam verschwinden.«

Die beiden Kumpane näherten sich wieder unserer Gruppe. Eins flüsterte mit dem Riesen und stellte sich neben den ungeduldigen Freund. Miriams Aufschrei ließ uns alle zusammenzucken. Sie schlug eine Hand vor ihren Mund und wies mit der anderen auf den großen Mann, der, immer zwei Stufen auf einmal nehmend, die Treppe zur Empore hinauf spurtete. Stimmengewirr, wildes Gepolter, dann erschienen die ängstlichen Gesichter von Ansgar, Jens und drei Gästen. Am Ende tauchte der Riese auf, der die vierundsiebzigjährige Emmy wie eine Feder auf den Armen nach unten trug. Ihre Augen blitzten wütend. Ständig trommelte sie mit ihren Fäusten auf die mächtige Brust des Mannes.

»Die Olle wollte mich tatsächlich angreifen. Die hat mir tatsächlich ihre Wasserflasche an den Kopf geworfen. Was mach ich mit der Mumie?«

An dieser Stelle schaltete sich Nummer Zwei ein. Er zielte mit seiner Waffe auf Emmys Kopf.

»Schieß doch, du Lump. Glaub nur nicht, dass ich Angst vor euch habe. Ihr seid ja wahre Helden, die es sogar mit einer alten Frau aufnehmen. Brrrr – ihr Supertypen seid ja zum Fürchten. Jetzt lass mich endlich runter, du Grobian, damit ich deinem Kumpel da das Gesicht zerkratzen kann. Diese Ratte glaubt doch wohl nicht, dass er mich mit seinem Schießprügel beeindrucken kann. Ich habe so viele Jahre beim Sozialamt gearbeitet, da kenne ich euch Typen zur Genüge. Lass mich jetzt wieder runter, sonst lernst du mich mal richtig kennen!«

»Schmeiß die Alte in die Restmülltonne, die geht mir jetzt schon gewaltig auf den Sack. Ich kann ihr aber auch schon jetzt das Licht ausblasen, die hat lange genug geatmet und Rente abkassiert.«

Ich konnte die Angst in den Gesichtern meiner Mitgefangenen aufkeimen sehen, nachdem für kurze Zeit ein Grinsen erkennbar war. Selbst Emmy verschlugen die Worte für einen Augenblick die Sprache. Der Riese klemmte sich die nun stark zitternde Frau wie eine Puppe unter den Arm und schlug der dürren Nummer Zwei seine Faust ansatzlos in die Nieren. Wie ein Klappmesser faltete der sich zusammen und wälzte sich kreischend auf dem Boden. Emmy übergab er wortlos der wartenden Gruppe, die sich rührend um die alte Frau kümmerte.

Die Waffe war dem Geschlagenen aus der Hand geglitten und lag nur wenige Zentimeter entfernt vor Ansgars Füßen. Immer wieder schielte er darauf, unschlüssig, ob er das Risiko eingehen sollte, danach zu greifen. Die auf ihn gerichtete Waffe des Anführers nahm ihm die Entscheidung ab.

»Drei, heb die Knarre auf, bevor hier jemand auf falsche Gedanken kommt. Und du Scheißkerl, steh endlich auf, bevor ich dir auch noch was aufs Maul haue. Was fange ich bloß mit euch zwei Idioten an?«

Freddy machte einen Schritt zurück, als er die aufsteigende Wut in den Augen des Riesen sah.

»Ist ja schon gut, war ja nur so ein Spruch. Du warst nicht direkt gemeint. Jetzt helf dem Arschloch endlich wieder auf die Beine. Wir brauchen einen Plan, wobei ich euren ständigen Streit überhaupt nicht gebrauchen kann.

Und nun zu euch. Ihr werdet jetzt mal eine Betriebsversammlung veranstalten. Alle verziehen sich jetzt in geordneter Reihe in den Raum hier. Die Weiber nach rechts, die Kerle nach links. Die Angestellten bleiben erst einmal bei mir. Los, los, Ausführung.«

Wortlos schoben sich die Angesprochenen in den Vortragsraum und zogen sich Stühle in die angegebenen Ecken. Niemand wagte, auch nur ein Wort zu wechseln. Mama legte einen Arm um Emmy und führte die am ganzen Körper bebende Frau zu einem Stuhl. Es war spürbar, dass sie die abfällige Bemerkung des Ganoven doch sehr beeindruckt hatte. Emmy zum Schweigen zu bringen, war ähnlich schwierig, wie Feuer mit Benzin zu löschen. Umso besorgniserregender war der augenblickliche Zustand dieser Frau. Kaum hatte sich unsere Gruppe in dem Raum sortiert, stellte sich Freddy breitbeinig vor uns auf. Der geschlagene Kumpel hatte sich auf den Boden eines Laufbandes gesetzt und starrte stumm vor sich hin. Seine Waffe hatte sich Freddy in den Hosenbund gesteckt, wohl, um zu verhindern, dass er eine Kurzschlusshandlung beging.

»So, nun sind wir auch mal für einen Augenblick unter uns. Grundsätzlich bin ich mit eurem Verhalten bisher ganz zufrieden. Die Meisten von euch sind kooperativ und zeigen Vernunft. Ich sagte die Meisten. Einer, oder eine von euch war böse, sehr böse. Die Tatsache, dass sich draußen vor der Halle eine Armee von Polizei versammelt hat, lässt die Vermutung zu, dass telefoniert wurde. Da von diesen Geräten hier an der Theke nicht angerufen wurde, sagt mir, dass einer von Euch sehr mitteilungsbedürftig war. Seht ihr, das Ganze hätte komplett ruhig über die Bühne gehen können, ohne jegliche Aufregung. Wir wollten nur bestimmte Personen, mehr nicht. Hättet ihr uns die Kohle überlassen, wäre das ein unterhaltsamer Nachmittag werden können, den wir alle schnell wieder vergessen hätten.

Aber nein. Es gibt immer wieder Arschgeigen, die glauben, sie wären viel ausgeschlafener und klüger als der Rest der Welt. Jetzt gebe ich euch drei Minuten Zeit, um mir das Mobiltelefon zu überreichen, mit dem die Kavallerie dort draußen alarmiert wurde. Außerdem möchte ich, dass alle sonstigen Telefone hier auf den Tresen gelegt werden. Wenn ich sage alle, meine

104

ich auch alle. Sollte ich danach noch ein Gerät bei euch vorfinden, wird dafür eine Hand des Betroffenen abgeschnitten. Das Gleiche gilt übrigens auch für alle im Nebenraum.«

Die letzten Worte hatte Freddy so laut gesprochen, dass ein Zucken durch die Gruppe der Gäste lief. Jeder blickte ängstlich auf den Nebenmann, versuchte abzuschätzen, ob die Ausbeulungen der Hosen von Mobiltelefonen herrühren könnten. Aus dem Versammlungsraum erschienen zwei Frauen, die ihr Telefon samt Kopfhörer auf die Theke legten.

»Ich habe nicht telefoniert. Ich habe nur Musik ...«

Marlene konnte das Zittern ihrer Hände nicht verbergen, als sie ihr Telefon vorsichtig ablegte. Ich wusste, dass sie beim Training immer gerne Klassik hörte. Ich konnte trotz der Anspannung ein Lächeln nicht vermeiden, als ich mir ihre kleinen Fettpölsterchen betrachtete, die sie unter der engen Sportkleidung nur schwer verbergen konnte. Wir hatten schon mehrfach darüber diskutiert, dass es kontraproduktiv wäre, zwischen den einzelnen Trainingsintervallen diese zuckerstrotzenden Schokoriegel zu futtern. In den letzten Tagen war sie tatsächlich zu den Eiweißshakes umgestiegen, die wir unseren Gästen zur Figurverbesserung anboten.

Vivian folgte ihr mit auf den Boden gerichtetem Blick. Bei ihren gefühlten dreiundvierzig Kilogramm hätte sie das Handy auch kaum verbergen können. Wir rätselten im engen Kreis schon seit längerer Zeit darüber, ob sie ihre Kleidung zu horrenden Preisen in der Kinderabteilung einkaufen musste. Ansgar hatte sich eines Tages den Unmut von uns Frauen zugezogen, als er frotzelte, Vivian müsse beim Duschen ständig hin und herspringen, damit sie überhaupt nass würde. Jetzt, im Augenblick, wo der Mann in ihm gefordert war, versagte er auf der ganzen Linie.

Mittlerweile lagen elf Telefone auf der Theke. Stumm schritt Freddy vor uns auf und ab, sah jedem tief in die Augen. Vor Ansgar blieb er schließlich stehen und sah ihn nur wortlos an. Dessen Blick irrte über unsere Gesichter, als suche er Hilfe.

»Was hast du denen erzählt?«

Die Panik in Ansgars Augen sprach Bände. Er fuhr mit beiden Händen über sein kurzgeschnittenes Haar und faltete sie hinter dem Kopf zusammen, was in dieser Situation irgendwie komisch wirkte. Die Lippen zitterten. Wir alle spürten, dass er nach einer Lösung für seine verfahrene Lage suchte. Allen war mittlerweile klar, dass nur er der Anrufer gewesen sein konnte.

»Nimm die Pfoten runter und stecke sie zu deinen Eiern. Was hast du erzählt? Ein drittes Mal werde ich nicht fragen, dann prügel ich das aus dir heraus.«

Alle Augen richteten sich auf den Angesprochenen. Sogar Nummer Zwei, der noch immer auf dem Laufband saß und sich die Hand in die Niere drückte, blickte hasserfüllt auf. Zwischenzeitlich hatte jemand die Beschallung auf ein Minimum heruntergedreht, was mir erst jetzt auffiel, als die Spannung jeden Einzelnen erfasst hatte. Wie aus weiter Ferne drangen noch einzelne Töne vom aktuellen Pink-Hit *What about us* durch die Stille.

»Ich habe ... ich meine ... eigentlich habe ich nur durchgegeben, dass hier drei maskierte, bewaffnete Männer eingedrungen sind und irgendwas von den Serviceleuten fordern. Ich habe doch nicht mitbekommen, was da tatsächlich los war. Mehr habe ich wirklich nicht gesagt, das Gespräch war nur ganz kurz. Das könnt ihr nachsehen. In der Anrufliste ...«

»Halt jetzt das Maul. Das werde ich überprüfen. Du bist dir ja wohl im Klaren darüber, dass du allein die Schuld trägst, wenn hier noch was Schlimmes passiert. Wir wären schon lange weg, wenn du Arschloch nicht den Judas gemacht hättest. Jetzt sitzen wir alle tief in der Scheiße und ich muss mir überlegen, wie ich uns da wieder raushole.«

So ganz konnte ich mich nicht von der Logik dieses Gangsters nicht freimachen. Andererseits hätte jeder von uns das Gleiche versucht, wenn er die Gelegenheit dazu gehabt hätte. Freddy fuhr fort und unterbrach damit meine Gedanken.

»Nummer Zwei wird jetzt gleich mit einem von euch durch sämtliche Räume gehen und kontrollieren, ob sich noch weitere Personen hier aufhalten. Damit keine falschen Hoffnungen aufkommen, will ich eines klarstellen. Solange man uns unbehelligt lässt, werden wir euch nichts tun. Sollten die Bullen die Bude stürmen, nehmen wir einige von euch mit in die Hölle. Also tut alles, damit das nicht passiert.

Zwei, du gehst jetzt mit diesem Penner hier durch die Räume. Ich will, dass alle Fenster und Türen fest verschlossen sind. Jeden, der sich noch wo auch immer aufhält, will ich hier sehen. Und jetzt will ich noch wissen, wo der Hauptsicherungsschalter ist. Vorwärts Leute, wir haben nicht ewig Zeit!«

Mit einem unguten Gefühl im Magen blickte ich den Beiden hinterher, als sie zuerst durch die Kursusräume liefen, um anschließend den Saunabereich aufzusuchen. Erfahrungsgemäß hielten sich dort immer einige Stammgäste auf.

»Du gehst vor, Labertasche. Und wehe dir, wenn ich auch nur den leisesten Verdacht habe, dass du Scheiße bauen möchtest. Wenn da jemand in diesen Kabinen hockt, holst du die sofort raus, ohne wenn und aber.«

Zwei stieß Ansgar den Revolver in den Rücken und schob ihn durch die Tür in den Saunavorraum. Ihnen schlug feuchte Wärme entgegen. Niemand war zu sehen, sodass sich Ansgar wieder abwenden wollte. Er blickte in den Lauf einer Waffe.

»Glaubst du Arschloch wirklich, dass ich die beiden Figuren da drin nicht gesehen habe? Hältst du mich für blind? Sag diesen runzeligen Pfeifen, dass sie sofort ihren Hintern rausbewegen sollen. Und die sollen sich bloß ein Handtuch um den Bauch wickeln, ich will so viel Elend nicht sehen. Los, worauf wartest du noch?«

Ansgar klopfte artig an die heiße Scheibe und steckte den Kopf hinein.

»Klaus, Martin, kommt ihr bitte raus, da möchte jemand ...?«

Die angesprochenen Männer zuckten zusammen, als sich der Lauf einer Pistole und ein maskierter Kopf an Ansgar vorbei durch die Türöffnung schob.

»Habt ihr Mumien nicht verstanden? Ihr sollt euren faltigen Arsch von dem Holz nehmen und rauskommen. Ihr könnt jetzt draußen weiterschwitzen, das garantiere ich euch sogar. Das Handtuch drum. Das ist ja schrecklich anzusehen. Was sagen eure Frauen bloß zu diesen mickrigen Restbeständen? Mein Gott, ist das traurig.«

Mit einer Geschwindigkeit, die man den gebeugten Gestalten gar nicht mehr zugetraut hätte, sprangen sie auf und näherten sich vorsichtig der Tür. Die Handtücher waren bis unter den Hals gezogen, und ließen nur den Blick auf Kopf, Arme und den unten herausragenden Trommelstöcken frei.

»Was ist denn hier los? Was soll die Waffe und warum ...?«

»Halt die Schnauze Opa und zieh dir Schlappen über die Füße. Du musst deinen Fußpilz nicht überall verteilen. Wir wollen einige Meter gehen. Hopp, hopp, die Herren.«

Durch die Scheiben des Besprechungsraumes konnte ich die Gäste beobachten, die bisher leise miteinander flüsternd, auf ihren Stühlen hockten. Eine plötzlich aufkommende Unruhe sorgte dafür, dass ich den Kopf drehte und dort hinsah, wo alle hinblickten. *Zwei* schob Ansgar und zwei in Handtücher gewickelte Gestalten durch den Gang, der aus der Sauna führte. Martin Greschke schrie kurz auf, als er mit seinem linken Schlappen am Fuß eines Laufbandes hängenblieb. Nur Ansgars beherztem Zugreifen war es zu verdanken, dass der alte Mann nicht auf die Fliesen schlug. Allerdings verlor er dabei sein Handtuch, was die Zurschaustellung seiner ihm noch verbliebenen Männlichkeit zur Folge hatte. Zumindest einige von uns senkten beschämt den Blick zum Boden, wogegen diverse Spaßvögel trotz der ernsten Situation johlten und zotige Sprüche abließen.

Schnell legte Ansgar dem Betroffenen das Handtuch um die Schulter. Wer jedoch glaubte, dass der Fauxpas den älteren Herren peinlich war, hatte die Rechnung ohne Martin und Klaus gemacht. Als hätten sie sich abgesprochen, breiteten beide ihre Handtücher auseinander und tanzten ein paar Schritte auf die jetzt applaudierenden Zuschauer zu. Mit dieser Tabledance-Einlage hatte niemand gerechnet. Entsprechend dumme Gesichter dürften hinter den Masken entstanden sein. Zumindest deutete die starre Haltung der Ganoven darauf hin.

»Ruhe jetzt in dem Puff! Die beiden Clowns können sich unter die Männer in der Ecke mischen. Euch wird das Lachen schon vergehen. So, wo ist der Sicherungsschalter?«

Sekunden später sorgte nur noch die Notbeleuchtung dafür, dass sich die Menschen halbwegs unfallfrei bewegen konnten.

Kapitel 15

»Was ist denn nun los? Hat da jemand ohne mein Wissen den Strom unterbrochen?«

Das Gesicht von Hauptkommissar Knoll verfärbte sich von erst blass zu Dunkelrot. Schilling zog sein Telefon heraus und sprach erregt mit einem seiner Leute.

»Also von unserer Seite ist da nichts in die Wege geleitet worden. Hätte mich auch sehr gewundert. Das muss von innen geschaltet worden sein. Nicht gut, gar nicht gut. Jetzt müssen wir es mit Infrarotkameras versuchen, solange die uns den freien Blick in die Räume gestatten.«

Knoll nahm Prenzel zur Seite und flüsterte.

»Sorgen Sie dafür, dass dieser Richter in Obhut kommt. Der ist in meinen Augen unberechenbar, solange er seine Familie da drin weiß. Ein Beamter soll sich um den kümmern. Haben Sie richtig zugehört? Der sagte doch, dass auch er an multipler Sklerose leidet. Da kann jederzeit der Nervenapparat tillen.

Setzen Sie den in die Nähe der Rettungswagen. Ich will den hier nicht in der Nähe des Einganges sehen. Haben Sie verstanden?«

»Klar Chef, ich sorge dafür. Wollten Sie nicht mit den Typen telefonieren?«

»Mach ich sofort, wenn die beiden Beamten mit ihren Aufnahmen fertig sind. Ach, da kommen die ja schon. Aber jetzt bringen Sie erst einmal den Ehemann in Sicherheit. Ich warte auf Sie.«

Schilling näherte sich mit zwei seiner Leute, die sich an die großen Fenster neben dem Eingang geschlichen hatten. Im Bus sichteten alle gemeinsam die Aufnahmen, die wie auf einem Negativfilm diverse Personen relativ deutlich zeigten.

»Also meine Herren. Wie ich sehe, sind die Aufnahmen ja exzellent geworden, schon geil, was die Infrarot-Technik heutzutage liefert. Die relativ gute Notbeleuchtung hat aber auch einen Teil dazu beigetragen. Ich erkenne hier eine Gruppe, die eng vor der Theke zusammensteht. Herr Kessler, kennen Sie jemanden davon?«

»Klar, das sind ausnahmslos alles Angestellte. Die Mitglieder kann ich nirgendwo erkennen. Haben wir noch mehr Fotos?«

»Da würde ich vermuten, dass die sich in einem anderen Raum befinden, aus dem sie nicht ausbrechen können. Dieser Zeuge sagte ja, dass es sich um drei maskierte Personen handeln würde, die sie bedrohten.

Zwei stehen direkt vor der Gruppe, einer da neben dem Regal im Hintergrund. Das ist ja ein Monster.«

Schilling zeigte auf Massimo, der als Riesenschatten erkennbar war.

»Holt mir die Bilder bitte auf den Computer, damit wir sie vernünftig vergrößern können. Ich brauche bessere Ausschnitte, damit vielleicht erkennbar wird, über welche Waffen die Kerle verfügen.«

Prenzel tippte wie wild auf der Tastatur herum und kreiste immer wieder einen bestimmten Ausschnitt ein, den er immer stärker vergrößerte. Dann platzte es aus ihm heraus.

»Das müsste eine Sig Sauer P232 SL sein. Wird häufig in der Szene benutzt. Die hat meines Wissens ein Gewicht so um die sechshundertsechzig Gramm, Kaliber neun Millimeter, sieben Schuss ...«

»Alles klar, Prenzel, Waffenkunde scheint ja ihr Hobby zu sein.« Knoll schlug Prenzel anerkennend die Hand auf die Schulter. »Also, wir wissen jetzt, dass die drei mit automatischen Waffen bestückt sind. Gefällt mir gar nicht. Das bedeutet, dass wir sehr umsichtig in unseren Verhandlungen vorgehen müssen, damit keine der Geiseln gefährdet wird. Dann werde ich mich wohl daran machen müssen, mit den Idioten zu telefonieren.«

Das schrille Klingeln des Telefons schreckte alle Anwesenden aus ihrer Starre. Jeder blickte auf den

Nachbarn, bis plötzlich alle Augen auf den Anführer gerichtet waren. Die Augen hinter der Maske verengten sich, zeigten deutlich die Unentschlossenheit, die in der Person ruhte.

»Du«, er zeigte auf mich, »du gehst ran. Das sind bestimmt die Bullen. Die wollen verhandeln. Aber erstmal ohne uns. Die lassen wir zappeln. Alle verziehen sich jetzt zu den anderen Scheißern in den Nebenraum. Du lässt dir eine Telefonnummer geben, unter der ich den Verhandlungsführer erreichen kann. Jetzt zeigen wir denen, wer hier die Trümpfe in der Hand hält. Los ... verzieht euch endlich!«

Freddy, der Anführer, unterstrich seine Forderung damit, dass er mit der Waffe in Richtung Konferenzraum zeigte. Mir blieb nichts anderes übrig, als den Hörer nach dem gefühlt zehnten Klingeln endlich abzuheben. Meine Stimme blieb aus, als ich das übliche Hallo versuchte.

Erst nachdem ich zweimal schluckte, krächzte ich etwas in die Sprechmuschel, was dem in etwa gleich kam. Gleichzeitig spürte ich den Lauf einer Waffe an meiner Stirn. Die Hände wollten ihren Dienst versagen, das Zittern wurde stärker.

»Wer ist denn da am Apparat? Melden Sie sich doch bitte. Hier spricht Hauptkommissar Knoll. Kann ich mit irgendjemandem sprechen, der dort drin das Sagen hat?«

»Nein.«

»Was bedeutet das ... Nein? Wir müssen doch wissen, was die fordern, ob es Verletzte gibt. Antworten Sie bitte.«

»Ich soll Sie auffordern, mir eine Telefonnummer zu geben, damit zurückgerufen werden kann. Mehr darf ich nicht sagen. Bitte, Herr Knoll, oder wie Sie auch immer heißen, geben Sie mir diese Telefonnummer. Ich habe Angst.«

»Bleiben Sie ganz ruhig. Ihnen wird nichts passieren, das verspreche ich Ihnen. Wir holen Sie alle gesund dort heraus. Sagen Sie den Männern, dass sie aufgeben sollen, dann passiert Niemandem etwas. Keiner wird verletzt und es gibt eine faire Verhandlung.«

Ich spürte, wie sich der Druck an meiner Schläfe verstärkte und hörte das Zischen neben mir *die Telefonnummer, verdammt.*

»Bitte geben Sie mir endlich die Nummer, die meinen es ernst. Bitte.«

Nach einer kurzen Pause, in der sich der Hauptkommissar mit einer anderen Person verständigte, erhielt ich eine Mobilnummer, die ich in krakeligen Zahlen auf einen Zettel schrieb. Der Filzschreiber entfiel meinen Fingern, als ich es endlich geschafft hatte. Angewidert trat ich einen Schritt zurück, als strahlten diese Ziffern etwas Gefährliches, Bedrohliches aus. Meine Nerven lagen blank. Mit bebenden Händen stützte ich mich an der Theke ab, tastete dann nach dem Saftglas, das ich immer neben dem Telefon stehen hatte. Das Klirren des zerberstenden Glases ließ sogar die Gangster hochschrecken, als es zwischen meinen kraftlosen Fingern durchrutschte und auf die Fliesen knallte. Mein Schrei hallte in dem Riesenraum tausendfach nach.

»Lasst mich in Ruhe. Ich will das nicht. Macht euren Mist ohne mich. Ich gehe jetzt zu meiner Mutter. Ihr könnt mich ja erschießen, aber ich gehe.«

Trotzig drückte ich den Lauf der Waffe beiseite und machte mich auf den Weg zu den anderen. Freddy wich sprachlos einen Schritt zur Seite. Kurz bevor ich den Raum betrat, versperrte mir *Zwei* den Weg. Durch die Schlitze der Maske konnte ich das gemeine Grinsen und die blitzenden Augen, diesen widerlichen Hass darin, erkennen. Die Hand mit der Waffe hob sich, mit der anderen umfasste er brutal meinen Unterarm.

»Lass sie in Ruhe. Wenn du nicht sofort die Hände von der Kleinen nimmst, breche ich dich in zwei Teile. Lass sie jetzt sofort los!«

Die Worte von *Drei* waren sehr leise gesprochen, trafen den hageren Partner jedoch wie Peitschenhiebe. Sein Körper versteifte sich, sein Griff wurde lockerer. Mit einem Ruck befreite ich meinen Arm und lief zu Mama, die längst aufgestanden war und mir entgegenkam. Weinend warf ich mich in ihre Arme. Die Anspannung der letzten Stunde hatten mich zerstört, meine anfängliche Fassung löste sich in Wohlgefallen auf. Durch den Tränenfilm konnte ich erkennen, dass sich *Zwei* ganz langsam umdrehte und den Revolver auf seinen Kumpel richtete.

»Du willst mich zerbrechen, du hirnverbrannter Idiot? Glaubst du wirklich, nur weil dir die Natur die Kraft eines Orang Utans gab, könntest du andere beherrschen? Nein, mein Freund. Es ist nicht die bloße Kraft, die uns stark macht. Es ist die Macht, die wir ausüben können. Dafür muss ich kein Bär sein, nur brutal genug. Ich werde dir jetzt zeigen, dass dich selbst eine kleine Metall-Kugel in Sekundenschnelle zerstören kann. Du wirst mir nie mehr in die Quere kommen, das verspreche ich dir.«

Freddys Faust, die ihn an der Schläfe traf, erkannte er zu spät. Das hässliche Geräusch, mit dem er auf dem Boden aufschlug, verschaffte mir Übelkeit. Mehrfach versuchte er, wieder auf die Füße zu kommen, knickte aber immer wieder ein. Schließlich blieb er stöhnend liegen und riss sich die Sturmmaske vom Kopf. Jetzt konnte ich erkennen, was ich längst vermutet hatte. Es handelte sich bei dem Gangster um einen der drei Männer, die vor Tagen das Probetraining absolvierten.

»Scheiße, Scheiße, Scheiße. Warum habe ich mich nur mit diesen Hirnis umgeben? Das kann doch nicht wahr sein. Da tragen diese Wahnsinnigen ihren Krieg genau hier aus. Jetzt sind wir im Arsch.«

Genau in dem Augenblick, nachdem auch er sich verzweifelt die Maske vom Gesicht gerissen hatte, verschwand der Kopf eines Mannes vom Fenster neben dem Eingang.

»Du kannst deine Verkleidung jetzt auch ablegen Massimo. Die haben uns draußen längst identifiziert. Alles nur, weil ihr Wahnsinnigen eure Nerven nicht im Zaum halten konntet. Außerdem kann uns ja jeder hier beschreiben. Scheiße, was machen wir jetzt bloß?«

Auch Massimo zog sich die Maske ab und warf sie in eine Ecke. Mit beiden Händen wischte er über das Gesicht und durch die dichten, schwarzen Haare.

»Diese verfluchte Wolle. Das juckt überall. Ich brauch Wasser. Wo finde ich die Toilette? He, du, zeig mir, wo die Toiletten sind.«

Seine Hand zeigte auf Miriam, die sich immer noch zitternd auf einen Stuhl gesetzt hatte und mit angst-geweiteten Augen das Geschehen verfolgte. Sie machte keine Anstalten, der Aufforderung zu folgen.

»Komm, großer Bruder, du siehst doch, dass die Kleine völlig fertig ist. Ich bring dich zu den Wasch-räumen. Wir müssen hier nur um die Ecke. Oder stört es dich, dass wir in die Damenumkleide gehen?«

»Mama, nein! Du darfst nicht gehen. Du bist krank. Ich werde den Mann begleiten, setz dich bitte wieder dort hin.«

Verzweifelt versuchte ich, Mama davon abzuhalten, den Riesenkerl auf die Toiletten zu begleiten. Mit sanf-ter Gewalt drückte sie mich auf den Stuhl und sah mich nur wortlos an. Ich kannte diesen Blick, der keinerlei Widerspruch zuließ. Wenn sie sich zu einer Entscheidung durchgerungen hatte, brachte sie keine Armee davon ab, ihr Ding durchzuziehen. Ich gab auf und weinte leise.

»Ich bin soweit, starker Mann, wir können gehen.« Sie drehte sich noch einmal um. »Und dass hier keiner was unternimmt, während wir weg sind, ich will keinen Spaß verpassen.«

Rita Richter hakte sich bei dem großen Massimo in der Armbeuge ein und schob ihn zu den Damen-Umkleideräumen. Mit der Waffe im Anschlag sicherte er den Raum, sah in jeden Gang.

»Wir müssen nach rechts, Großer, da sind noch mehr Spinde. Und dann geradeaus, da kannst du dich waschen. Soll ich dir etwas Seife oder Shampoo geben? Mein Spind ist genau hier. Du kannst auch duschen, ich hab Zeit.«

Massimos Augen verrieten, dass er über ihre Worte nachdachte, sie einzuordnen versuchte.

»Halt jetzt mal einen Augenblick die Klappe. Wenn du glaubst, du könntest mich verarschen, dann ...«

»Nein, nein, um Gottes Willen. Was denkst du von mir. Das war mein voller Ernst. Ich habe mir gedacht, das, was ihr da in Szene gesetzt habt, wird bestimmt noch ne Weile dauern. Da könntest du dir doch Zeit lassen. Ich seh doch, wie verschwitzt du bist. Da kann eine Dusche doch ...«

»Du sollst jetzt die Schnauze halten, ich will nicht duschen. Gib mir die Seife. Du hast doch gesagt, dass du ...«

»Ja, ja, ich mach ja schon. Muss nur noch meine Mitglieds-Karte finden, damit ich den Spind auch öffnen kann. Uno Momento.«

Massimo machte einen Schritt in den Waschraum. Als er auch in die Duschzelle sah, zerriss ein schriller Schrei die Stille. Dieser mächtige Kerl riss die Arme hoch und drückte beide Hände auf die Ohren. Rita Richter stand längst neben ihm und erkannte den Grund für die Unruhe. Helga Pattmann saß splitterfasernackt in der Ecke des Duschraumes. Sie versuchte verzweifelt, ihre Blößen mit den Händen zu bedecken. Die Augen waren angstgeweitet auf den Mann gerichtet, der sich erdreistet hatte, in die heiligen Hallen der Damen-Duschen einzudringen. Immer wieder kreischte sie.

»Gehen Sie weg, gehen Sie bloß weg. Tun Sie mir nichts. Was soll die Pistole? Ich tu alles, was Sie wollen. Hören Sie, ich habe zwei kleine Kinder. Rita, sag dem Mann, dass er mich in Ruhe lassen soll. Bitte. Ich hab Angst.«

Weinend brach sie jetzt völlig zusammen und legte das Gesicht in die Armbeuge. Massimo hatte sich längst zurückgezogen und blickte verwirrt um sich.

»Was will die Frau denn von mir? Ich hab doch gar nichts gemacht. Die soll sich anziehen und mitkommen. Gib ihr, verdammt nochmal, das Handtuch, aber schnell. Ich habe ihr doch überhaupt nichts getan.«

Die letzten Worte murmelte er vor sich hin und setzte sich mit hängendem Kopf auf eine Bank. Nachdenklich drehte er die Waffe in seinen Riesenhänden, murmelte immer wieder unverständliche Worte vor sich hin. Rita, die ihn eine Weile dabei beobachtet hatte, schob Helga in die Umkleide, damit sie sich vollständig anziehen konnte. Dann setzte sie sich neben Massimo. Schweigend überließ sie den Gangster seinen Gedanken. Schließlich sprach sie ihn doch an.

»Was soll das Ganze? Wieso beteiligst du dich an dem Mist? Ist doch gar nicht dein Ding, sei ehrlich.«

Massimo reagierte nicht. Rita ließ nicht locker.

»Ich seh dir doch an, dass du das überhaupt nicht möchtest, dass du mit dem, was die Beiden tun, nicht einverstanden bist. Du bist nicht so wie die.«

»Halt jetzt endlich die Klappe. Wenn du glaubst, dass du zwischen uns Keile treiben kannst, dann ... dann ... das kannst du nicht. Das sind meine Freunde, damit du's weißt. Ich lass mich nicht gegen die aufhetzen.«

Rita Richter hielt ihm die offenen Handflächen entgegen und stand auf.

»Aber nein, das möchte ich nicht. Freunde sind wichtig. Rege dich nicht unnötig auf. Aber, wenn das deine Freunde sind, wie sehen denn dann erst deine

Feinde aus? Du solltest dir vielleicht mal Gedanken darüber machen, über wahre Freundschaft nachzudenken. Mich hat zumindest noch nie einer meiner Freunde mit dem Tode bedroht. Das war vorhin kein Beweis für besonders intensive Kameradschaft. Aber was soll´s, wenn so eure Männer-Spielchen aussehen, dann kann ich nur sagen, arme Welt.«

Helga hatte sich in der Zwischenzeit komplett angezogen und stand wie ein Häufchen Elend vor den Beiden.

»Du wolltest dir doch das Gesicht waschen, oder? Hier hast du Seife. Wir warten hier auf der Bank.«

Rita legte den Arm um Helga. Ab und zu warf sie einen besorgten Blick auf den Mann, der mit Sicherheit im Inneren völlig zerrissen war und an falsche Freunde geraten war. Sie sah in diesem Umstand eine geringe Chance, dass alle aus dem Dilemma ungeschoren herauskamen.

Kapitel 16

»Ich habe jetzt zwei von diesen krummen Vögeln auf der Speicherkarte.«

Stolz schwenkte der Beamte die Kamera, als er auf Schilling zuging. Auf dem Laptop war das Gesicht eines Mannes, der am Boden lag, recht deutlich von der Seite zu sehen. Ein anderer Mann war frontal getroffen worden, nachdem er sich die Maske über die Haare gezogen hatte.

»Wieso geben sich die Typen plötzlich vor den Leuten zu erkennen? Das macht doch keinen Sinn. Die müssen doch auch damit rechnen, dass wir sie dadurch identifizieren können. Hat da jemand eine Idee?«

Knoll sah sich in seinem Mitarbeiterkreis um. Allgemeines Schulterzucken.

»Nun ja. Was soll's? Uns hilft es jedenfalls dabei, denen ein Profil zuzuordnen. Schickt die Bilder sofort durch den Computer. Die Visagen werden bestimmt schon irgendwann einmal auffällig geworden und aktenkundig sein. Ich muss jetzt zur Pressekonferenz, die Zeitungsfuzzis und das Fernsehen lauern schon gierig. Prenzel, Sie übernehmen, während ich weg bin. Dauert nicht lange. Anschließend versuche ich nochmal, mit denen zu telefonieren. Sollten die von sich aus Kontakt aufnehmen, oder irgendwie aktiv werden, sagen Sie mir sofort Bescheid. Ich will hier keine Aktionen, die ich nicht angeordnet habe. Ist das klar?«

»Jep, Chef. Wir beobachten weiter.«

Die Halle der Diakonie, die sich direkt hinter dem Komplex des City Fitness befand, wurde kurzerhand zum Pressetreff umfunktioniert. Zehn Polizisten waren notwendig, um die Gaffer davon abzuhalten, mit den Pressevertretern auf das Gelände zu strömen. Mittlerweile hatte man die Hubertusstraße und die Herner Straße teilweise gesperrt oder führte den Verkehr einspurig vorbei. Der Überfall hatte sich in Windeseile in der Stadt herumgesprochen. Die Berichte in den Social-Media-Kanälen enthielten bereits die schlimmsten Horrormeldungen. Die halbe Stadt war auf den Beinen, um die Befreiungsaktion mit dem Mobiltelefon auf die Festplatte zu bannen.

Hauptkommissar Knoll erledigte seinen Job vor den laufenden Kameras gewohnt routiniert und fütterte die Journalisten genau mit der Menge an Informationen, die nötig war, um Gerüchte zu entkräften. Er war aber nicht bereit, Ergebnisse weiterzureichen, die noch nicht genügend gefestigt waren. Mit dem Versprechen, Neuigkeiten sofort an die wartenden Pressevertreter weiterzugeben, verabschiedete er sich schon nach wenigen Minuten. Die Polizisten drängten die schreienden Reporter wieder hinter die Absperrungen.

Müde schleppte sich Knoll zum Polizeibus. Prenzel blickte ihm erwartungsvoll entgegen. Ein Lächeln umspielte seinen Mund, als er über die Erscheinung seines Vorgesetzten nachdachte, dessen Nachfolge er hoffte, später antreten zu können. Ihm fehlte jegliches Verständnis dafür, warum ein Mann sein gepflegtes Äußeres dermaßen hintenan stellte. Irgendwie erinnerte Knoll ihn an die schillernde Figur eines Inspektor Colombo. Knolls Kleidung konnte aus einer Requisite des Filmhelden stammen. Prenzel bevorzugte eher das Stylische, die perfekt sitzende Kleidung eines gepflegten Mannes. Niemals würde er es zulassen, dass er in der Masse des Gewöhnlichen unterging. Er brauchte die bewundernden Blicke seiner Mitmenschen, vor allem die der weiblichen Gruppe. Erfolg war seiner Meinung nach eng verbunden mit dem gepflegten Äußeren. Das kam für ihn direkt nach dem fundierten Wissen, das er sich auf entsprechenden Akademien angeeignet hatte.

Knoll blies sich die einsame Haarsträhne aus der Stirn, die sich vorwitzig vom verbliebenen Rest der einst üppigen Haarpracht gelöst hatte. Für einen Augenblick schloss er die Augen, um darüber nachzudenken, wie er eine unblutige Lösung dieser Geschichte schaffen konnte. Die Finger glitten wieder ruhig über die lange Stirnnarbe. Warum er gerade jetzt über den damaligen Banküberfall nachdachte, konnte er sich nicht erklären. Damals schwor er, sich zukünftig von Schießereien fernzuhalten. Das überließ er gerne den austrainierten Jungspunden. Sein Durst an Abenteuern war mehr als gestillt. Nach langen Sitzungen bei seiner Therapeutin hatte er irgendwann die Erkenntnis gewonnen, dass seine Kopfarbeit ein geeigneteres Instrument war, um Kriminellen das Handwerk zu legen. Die Zeit bis zum Ruhestand wollte er unbeschadet überstehen.

»Herr Knoll, kann ich Sie kurz ansprechen? Was geschieht jetzt?«

Die vorsichtige Berührung durch Prenzels Hand ließ ihn hochfahren.

»Ich war einen Augenblick ...«

»Kein Problem, Chef. Kann ich irgendetwas übernehmen? Da drin scheint noch alles ruhig zu sein. Mir persönlich ist das verdächtig ruhig. Glauben die Idioten, dass wir einfach so abziehen? Soll ich bei denen anrufen?«

Lange überlegte Knoll, ob das nicht vielleicht eine Situation sein könnte, in der er seinen möglichen Nachfolger auf die verantwortungsvolle Aufgabe als Hauptkommissar vorbereiten könnte. Sofort schossen ihm die Bilder von schreienden, verwundeten Menschen durch den Kopf, die er als junger Anwärter damals in Stuttgart erleben musste. Dort war durch seinen direkten Vorgesetzten eine fatale, voreilige Fehlentscheidung getroffen worden, die zwei Geiseln sogar den Tod brachten. Hier ging es um Menschenleben, für die er in der Verantwortung stand. Nein, das war seine Aufgabe. Der konnte und wollte er sich nicht entziehen.

»Ist schon gut, Prenzel. Ich werde jetzt mit denen telefonieren. Versuchen Sie bitte, in Erfahrung zu bringen, ob es Neuigkeiten gibt wegen der Fotos. Ich weiß immer gerne vorher, mit wem ich es zutun habe. Wo habe ich die Nummer hingelegt?«

»Kein Problem, Chef. Warten Sie noch zwei Minuten, bevor Sie anrufen. Ich frage nach.«

Es dauerte fünf Minuten, bevor der Drucker ein Exposé ausspuckte, das direkt vom LKA kam. Neugierig beugten sich die beiden Kommissare über die Seiten.

»Ich wusste es. Diese Gesichter passen in jede Polizeiakte. Ich weiß nur nicht, wer von den Beiden gefährlicher einzustufen ist. Sehen Sie Prenzel, dieser Freddy Limburg hat schon Vorstrafen wegen gefährlicher Körperverletzung und versuchtem Totschlag. Tolles Schätzchen. Fünfundfünfzig Jahre alt, früher mal Fernfahrer gewesen. Ehemaliger Ausbilder bei der Bundeswehr. Sondereinheit, was das auch immer heißen mag. Das konnte der ja irgendwann drangeben, weil er acht Jahre absitzen musste. Keine weiteren Angaben zu Familie, also alleinstehend. Scheißtyp.«

»Der andere, dieser Richard Pomplun ist aber auch keinen Deut besser, Chef. Der war übrigens auch in der gleichen Einheit. Die müssen sich von damals wohl kennen. Hat dann als Maler und Lackierer gearbeitet, ungelernt. Zwei Raubüberfälle, Drogenhandel und Vergewaltigung. Neun Jahre Knast. Das Tier hat sich sogar fortgepflanzt, hat zwei Kinder, die im Heim leben. Mutter sitzt noch drei Jahre ab. Scheiße, genau solche Granaten sitzen da drin und bedrohen anständige Menschen. Bin mal gespannt, was uns der Dritte im Bunde noch liefern wird. Der Kollege mit der Kamera lauert hinter dem Fenster und sucht nach Möglichkeiten für eine Aufnahme. Man hat mir aber erzählt, dass bereits sämtliche Fenster neben dem Eingang verhangen werden. Die anderen Fenster haben alle Milchglas.«

Schilling, der gerade in den Bus stieg, hatte die letzten Worte mitbekommen.

»Die haben alle Geiseln in einem Raum untergebracht, den wir nicht einsehen können. Jetzt hängen irgendwelche Decken vor den Scheiben. So allmählich müssen wir was unternehmen, bevor bei denen die Nerven versagen. Die werden mit jeder weiteren Stunde unberechenbarer.« Sein Blick fiel auf den Tisch. »Ach, da sind ja die Steckbriefe. Darf ich mal sehen?«

Die Sorgenfalten auf Schillings Stirn wurden immer tiefer. Erwartungsvoll sah er Knoll an.

»Ja, ich weiß, ich sollte es nochmal versuchen. Wo ist das Telefon?«

Aus meiner Position konnte ich zumindest einen kleinen Teil der Service-Theke überblicken. Mittlerweile hatte sich auch der dritte Mann der Maske entledigt, meine Vermutung wurde nun zur Gewissheit. Für mich war es ein unergründliches Rätsel, warum sich dermaßen unterschiedliche Menschen zu einem solchen Unternehmen zusammentun. Ganz abgesehen davon, dass mir grundsätzlich jegliches Verständnis dafür fehlte, einen Überfall zu planen, und dann auch noch auf ein Fitness-Studio. Allmählich war mir klar, dass die ganze Aktion so nicht ablaufen sollte und komplett aus dem Ruder gelaufen war. Der Gedanke machte es aber auch nicht angenehmer, ganz im Gegenteil.

Meine Kollegen waren mittlerweile am letzten Fenster angekommen, das sie mit weißen Laken, die wir immer zur Tischdeko bei Veranstaltungen im Lager aufbewahrten, abdeckten. Jetzt war uns jeglicher Blick nach draußen verwehrt. Die Angst wuchs, das war an der Stille im Raum feststellbar. Stumm beobachteten wir die drei Gestalten, die unentschlossen dastanden und nur selten miteinander sprachen. Nun bemühten sie sich nicht mehr, ihre richtigen Namen zu verschleiern, sodass wir Richard, Freddy und Massimo zuordnen konnten. Jeder von uns zuckte zusammen, als Richard im Türbogen erschien. Er packte Miriam brutal am Halsausschnitt des Shirts und zog sie hoch. Hilfesuchend irrte ihr Blick zu Ansgar, dessen Augen flackerten und auf den Boden gerichtet waren.

»Wir haben Kohldampf und Durst. Du machst jetzt für uns drei einen guten Cappuccino. Habt ihr irgendwas zu fressen im Haus? Los, beweg deinen süßen Arsch hier raus!«

Mit weichen Knien stolperte Miriam vor dem kalt lächelnden Kerl aus dem Raum. Richards freie Hand landete krachend auf Miriams Hintern. Alle, die von der Liaison der Beiden wusste, und das waren nicht Wenige, beobachteten Ansgar, der seine Augen mit gesenktem Kopf geschlossen hielt. Irgendjemand murmelte *Arschloch*. Er sprach damit aus, was viele in diesem Augenblick dachten. Bei einem Blick auf Mama spürte ich, wie es in ihr brodelte. Sie sah sich im Raum um.

»Könnte es sein, dass ich hier inmitten von stillen Helden sitze, die nur auf den richtigen Augenblick warten, eingreifen zu können? Ja Leute, es ist einfacher, sich über die Angst eines Einzelnen zu erheben, selbst aber durch Nichtstun zu glänzen.«

Sie stand auf und kniete direkt vor einem meiner Kollegen. Meine Hand, mit der ich sie zurückhalten wollte, stieß sie energisch beiseite.

»Was ist los, Thomas? Glaubst du wirklich, wir hätten nicht gehört, wer das gerade gesagt hat? Bist du wirklich der Meinung, dass Ansgar das einzige Arschloch in diesem Raum ist, nur weil er seine Angst offen zeigt? Wenn ich mich so umsehe, bin ich von vielen Feiglingen umgeben. Verflucht, es ist doch keine Schande, wenn jemand Angst hat. Vor allem nicht, wenn er von einer Waffe bedroht wird. Das ist menschlich!«

Die letzte Bemerkung hatte sie so laut in die Runde gesprochen, dass sich alle drei Gangster umdrehten. Freddy näherte sich lauernd.

»Was soll die Scheiße hier? Soll das eine Revolte werden? Beweg deinen Arsch wieder in die Ecke und halt die Klappe!«

»Ich habe die Leute nur beruhigen wollen. Die haben Angst. Können Sie das nicht verstehen? Angst. Das ist doch wohl nicht verwunderlich, wenn plötzlich drei große Kerle hier reinkommen und den Leuten eine Waffe unter die Nase halten, oder? Gehört ja schließlich bei uns nicht unbedingt zum Alltag.«

»Wow. Du bist ja ne ganz Mutige. Bist du mit deiner Schnauze immer so fix? Hast du hier nen Job als Animateurin? Da wird sich dein Kerl wohl drüber freuen, wenn er mal allein und ungestört zuhause ist. Ein Urlaubstag für ihn. Musste der ein Schweigegelübde ablegen, als ihr geheiratet habt? Wenn du meine Alte wärst, dann ...«

»Bin ich aber Gott sei Dank nicht. Sowas wie Sie hätte ich niemals in meine Nähe gelassen. Ich habe mich immer nur für Männer interessiert, nicht für Imitate.«

Die Rückseite der Hand traf sie hart auf den Mund. Die Oberlippe platzte auf und schwoll im gleichen Moment an. Mama hob schützend die Hand vor das Gesicht, verwischte dabei allerdings das austretende Blut über die untere Gesichtshälfte. Es war ein unerklärlicher Reflex, der mich nach vorne warf, um mich an den Händen des Schlägers festzukrallen. Er warf mich wie eine Puppe wieder zurück, sodass ich zwischen die Stühle stolperte. Mit dem Rücken landete ich auf Ansgars Schoß, der sich schützend über mich warf. Freddys Schlag traf ihn an der Schulter. Bevor er aber zum weiteren Hieb ausholen konnte, hatte sich eine Mauer von Körpern vor ihm aufgebaut, die ihn erstarren ließ.

»Keiner bewegt auch nur einen Finger, ist das klar? Ihr geht jetzt ganz langsam zurück und pflanzt euren Arsch wieder auf die Stühle. Freddy, komm hier rüber, wir haben alles im Griff.«

Richard hatte die Waffe auf uns gerichtet. Seine Augen blitzten mordgierig. Er fasste Freddy an der Schulter und zog ihn zurück.

»Das werdet ihr Wichte noch bereuen. Beim nächsten Mal geht das nicht mehr so glimpflich für euch ab, dann lege ich einen um. Ist das klar?«

Freddy wischte sich Mamas Blut, das sich auf seinem Handrücken zeigte, mit hassverzogenen Lippen am Hosenbein ab. Rückwärts bewegten sich die Beiden aus dem Raum. Massimo stand seltsam verkrampft an der Theke, die Fäuste fest um die Tischkante gepresst. Er hatte die Szene ungläubig verfolgt. Die Spannung brach in Sekundenschnelle wieder zusammen. Mama kümmerte sich rührend um zwei ältere Frauen, die weinend auf ihren Stühlen zusammengebrochen waren. Mit ruhigen Worten redete sie auf sie ein. Andere setzten sich ebenfalls wieder hin und starrten wortlos ins Leere. Nur vereinzelt wurden leise Gespräche geführt. Das Telefon an der Theke klingelte und veränderte alles.

»Hauptkommissar Knoll noch einmal. Wir müssen reden, meine Herren. Wen habe ich dran? Freddy, sind Sie das? Antworten Sie mir. So können wir nicht weitermachen. Das dürfte Ihnen doch inzwischen klar geworden sein.«

»Schön, dass Sie schon unsere Namen haben. Gute Arbeit. Was wollen Sie? Machen Sie Vorschläge.«

Knoll atmete tief durch und sah sich im Kreis seiner Mitarbeiter und Kessler um. Noch hatte er keine klare Vorstellung über die weitere Vorgehensweise. Das war immer abhängig vom Verhalten der Geiselnehmer.

»Hören Sie Freddy. Ich darf Sie doch so nennen, oder?«

Am anderen Ende blieb es still.

»Also, bisher ist ja noch nichts passiert, über das wir uns Sorgen machen müssen. Wir sprechen also lediglich über einen bewaffneten Raubüberfall. Das ist strafbar, aber es sind noch keine Menschen zu Schaden gekommen. Das ist doch so, oder irre ich mich?«

Weiterhin hüllte sich Freddy in Schweigen.

»Gut. Dann also weiter. Ich schlage folgende Vorgehensweise vor. Sie werden jetzt einzeln mit erhobenen Händen vor die Tür treten und die Waffen vor sich auf den Boden legen. Dann treten Sie vor und lassen sich widerstandslos festnehmen. Niemandem wird etwas geschehen. Das verspreche ich Ihnen. Sehen Sie. Das gesamte Gelände ist von Spezialkräften umstellt, eine Flucht ist deshalb für Sie alle völlig ausgeschlossen. Haben Sie mich verstanden? Können wir uns darauf verlassen, dass Sie die Geiseln unbehelligt lassen und sich widerstandslos ergeben?«

Alle, die sich am Tisch versammelt hatten und dem Gespräch über Lautsprecher gefolgt waren, vernahmen nur das Klicken aus der Leitung. Prenzel war der Erste, der seinem Unmut Platz machte.

»Ticken die Typen verkehrt? Was versprechen die sich bloß von dieser Hinhaltetaktik? Die nehmen doch wohl nicht an, dass wir uns unverrichteter Dinge wieder verziehen werden? Das ist einfach krank.«

Knoll hob die Hände, um eine Bemerkung, die Prenzel auf den Lippen hatte, im Keim zu ersticken.

»Ruhig Leute. Ganz ruhig. Versetzt euch mal in deren Lage. Stellt euch mal vor, ihr plant einfach nur eine schnelle Entführung, verschwindet danach irgendwohin. Dann stellt ihr eure Forderungen aus einer gesicherten, uns unbekannten Position heraus. Das ist deren Plan gewesen, von Anfang an. Jetzt geht das aber schief, weil das Entführungsopfer vielleicht gerade heute was Besseres vorhatte. Es existiert aber kein Plan B.

Was machst du denn nun, wenn du feststellst, dass dein Goldesel nicht im Stall ist. Du brauchst unbedingt Kohle. An nichts Anderes denken solche Typen doch nur. Jetzt nehmen wir mal schnell die Kasse mit und verpissen uns unauffällig. Von den Leuten, die da rumhängen, kriegst du nichts. Die sind ja fast nackt. Keiner rechnet damit, dass ein Mitarbeiter so geistesgegenwärtig ist und die Polizei anruft. Die sind verdammt schnell vor Ort, riegeln alles ab. Ich sagte ja schon: Es gibt keinen Plan B. Die stehen mit dem Arsch an der Wand und wissen nicht, wie sie sich verhalten sollen. Das ist die Lage. Und ich sage Ihnen das ganz offen, dass mir dieser Zustand überhaupt nicht gefällt. Genau diese Planlosigkeit macht die Typen so unberechenbar, so gefährlich. Hat jemand konstruktive Vorschläge?«

Alle sahen sich ratlos an. Prenzel verschwand mit in den Hosentaschen vergrabenen Händen vor die Tür und starrte in den mittlerweile schwarzen Nachthimmel. Nur das schwache Geräusch der auf der Straße lauernden Menschen drang an sein Ohr. *Es musste doch eine einfache Lösung dafür geben. Stürmen? Einfach ein Kommando reinschicken und den*

Bastarden eine Kugel verpassen? Das würden sie nie wieder tun können. Sie waren doch nur Abschaum, den man entsorgen musste. Sie würden irgendwann aus dem Gefängnis entlassen und genauso weitermachen. Es blieb ihnen ja auch nichts Anderes übrig.

Die aufsteigende Wut verzerrte Prenzels Gesicht. Für ihn existierten nur wenige Gruppen von Menschen auf dieser Welt. Gute und Böse, Arme und Reiche, Erfolgreiche und Versager. Nur wer stark ist, überlebt. Basta. In der spiegelnden Scheibe der aufgeschobenen Seitentür kontrollierte er noch ein letztes Mal den geraden Scheitel seiner Kurzhaarfrisur und den Sitz der Designer-Krawatte, bevor er wieder eintrat.

»Ich bin der Meinung, dass wir kurzen Prozess mit denen machen sollten. Mit unseren Leuten rein, die Drei außer Gefecht setzen und die Welt ist wieder in der Bahn.«

Ungläubige Blicke trafen ihn, was ihn sichtlich unsicher machte. Schilling bemühte sich, seine Gefühle zu verbergen.

»Wie viel tote Geiseln würden Sie denn dafür in Kauf nehmen? Ich meine, ein bisschen Schwund werden ja auch Sie dabei eingerechnet haben, oder etwa nicht? Sie sind doch ein ausgeschlafener, erfahrener Taktiker. Was schätzen Sie nun, wie viele?«

»Lassen Sie ihn, Schilling. Er hat noch nie eine Geiselnahme erlebt. Er kann das nicht wissen. Aber Sie haben völlig recht. Wir müssen als Erstes das

Wohlergehen der Geiseln im Auge behalten. Mir geht da etwas durch den Kopf, was ich gerne mit Ihnen allen diskutieren möchte. Herr Kessler, Sie sagten uns doch, dass Sie einen Generalschlüssel dabei haben, der auf alle Türen passt. Richtig?«

Kessler nickte und fummelte bereits an seinem Schlüsselbund. Er legte einen einzelnen Spezialschlüssel auf den Tisch und hielt seine Riesenhand darüber.

»Ich würde mich gerne zur Verfügung stellen. Ich kenne mich von allen hier Anwesenden am besten da drin aus. Außerdem habe ich einen schwarzen Karate-Gürtel. Ich ...«

»Halt, halt, Herr Kessler. Nicht dass ich Ihren Mut und die Bereitschaft nicht würdigen könnte, aber dazu haben wir speziell ausgebildete Männer beim SEK. Sie haben aber mein Vorhaben sehr schnell erkannt. Also, was halten Sie von diesem Vorschlag, jemanden die Lage da drinnen erkunden zu lassen? Bedenken Sie, wie groß die Anlage ist und dass die drei Figuren nicht alles komplett sichern und überwachen können. Wenn es gefährlich wird, zieht sich unser Mann sofort wieder zurück.«

Prenzels Augen leuchteten, als er sich einmischte.

»Dann könnten wir doch sofort mehrere Leute einschleusen und kurzen Prozess machen.«

»Prenzel, Sie hören nicht zu. Ich sagte, dass wir zuerst die Lage peilen müssen. Ob wir anschließend einen gezielten Zugriff machen, entscheiden wir später.

Also, Schilling, was ist mit Ihnen? Haben Sie eine bessere Idee, wie wir Bewegung in den Laden kriegen?«

Schilling war schon aufgesprungen und hob den Daumen als Zustimmung. Prenzels Daumen folgte zögernd.

»Dann sind wir uns einig. Sie, Schilling, bestimmen Ihren besten Mann für die Aktion. Prenzel, Sie schauen sich den Lageplan noch einmal genau an und in einer halben Stunde werden Sie mir eine Strategie aufgezeichnet haben, auf welchen Wegen die Leute das Haus besetzen können. Bitte Ausführung, meine Herren. Herr Kessler, Sie bleiben bitte hier.«

Kapitel 17

Die Pastasoße musste noch mindestens zwei Stunden köcheln, bevor Elena überhaupt daran denken konnte, das Wasser für die Tagliatelle aufzusetzen. Massimo und sie mochten diese Nudelsorte am liebsten, da sie immer an ihre Heimat in der Emilia Romagna erinnerte. Sie waren den Fettuccine ähnlich, nur dass sie breiter waren. Tief in Gedanken rührte sie in dem Riesentopf. Er liebte ihre Pastasoße und aß Mengen davon, die sie hin und wieder beunruhigten. Ein paar Kilo weniger würden seiner Gesundheit sicher zuträglich sein. Das Lächeln verschwand wieder, als sie sich dem schlechten Gefühl hingab, das sie schon den ganzen Tag verfolgte, seit Massimo sich von ihr verabschiedet hatte.

Mit einem Seufzer zog sie den Holzlöffel aus der traumhaft nach Kräutern duftenden Soße. Der Tisch war gedeckt, Teller und Gläser für den Rotwein warteten auf ein schönes Abendessen. Elena schob die Fernsehzeitung beiseite, setzte sich auf das Sofa und griff nach der Fernbedienung. Der WDR übertrug eine Reportage aus dem Dortmunder U, was Elena dazu brachte, für einen Moment die Augen zu schließen. Morgen wollte Sie sich die beiden Hosen von Massimo vornehmen, die er nur noch mühsam schließen konnte. Etwas war noch möglich, der Bund versteckte noch einige Zentimeter, die sie herauslassen konnte. Sie verstand sich auf die Näherei. Das hatte sie ihrer Mutter zu verdanken, die dieses Handwerk gelernt hatte und im gesamten Örtchen Bazzano berühmt war für ihre Nähkünste. Stoffe besorgte sie sich immer im nahegelegenen Bologna. Ihre Stimmung verflog, als sie daran dachte, dass dieser grauenhafte Unfall genau auf einer dieser Fahrten geschah. Sie riss ihre Augen auf, um aus diesen schlimmen Gedanken herauszukommen. Ihr Blick fiel dabei auf den Bildschirm des Fernsehers. Die Gesichter, die dort gezeigt wurden, erweckten ihre Aufmerksamkeit. Sie stellte den Ton wieder lauter und konzentrierte sich auf die Stimme des Reporters.

... konnten als Freddy Limburg und Richard Pomplun identifiziert werden. Zwei polizeibekannte Vorbestrafte, die als äußerst gewalttätig eingestuft werden müssen. Vom dritten Geiselnehmer existiert bisher noch kein Foto, keinerlei Identität. Die Polizei ermittelt in alle Richtungen. Selbst ein terroristischer Hintergrund wird nicht völlig ausgeschlossen, da es für die Ermittler nicht wirklich erklärbar ist, warum man sich ein Fitnesscenter in Recklinghausen als Ziel

für einen Raubzug aussuchte. Es besteht die Möglich-keit, dass sich die beiden Gewalttäter in den letzten Jahren radikalisiert haben könnten. In dem dritten Mann vermutet die Polizei den eigentlichen Kopf der Bande. Bisher bestand lediglich ein kurzer, telefoni-scher Kontakt zu Freddy Limburg, der jedoch ergeb-nislos seitens der Geiselnehmer abgebrochen wurde.

Die Bevölkerung wird gebeten, bei der Klärung hilf-reich zu sein, mit wem diese beiden Täter in der letzten Zeit Kontakt hatten. Informationen nehmen alle Poli-zeidienststellen entgegen. Wir berichten weiter, sobald unsere Mitarbeiterin vor Ort nähere Informationen über die Hintergründe dieser aufsehenerregenden Geiselnahme hat ...

Elena legte eine Hand auf ihr Herz. Sie hatte das Gefühl, dass es stehengeblieben war. Völlig verwirrt blickte sie weiter auf den Bildschirm, der ihr nun eine Schweinezucht eines Hofes aus Olfen zeigte.

Wo war dieser Überfall? Recklinghausen war groß. Anrufen. Wen konnte sie anrufen? Die Polizei. Sie sagten im Fernsehen, dass man die Polizei anrufen sollte. Sie lief durch ihre Wohnung, zog die Schürze vom Körper, griff nach dem Mantel, suchte das Tele-fon. Völlig aufgelöst wählte sie die Notrufnummer 112.

»Hier ist der Notruf der Feuerwehr. Wie können wir Ihnen helfen? Nennen Sie bitte zuerst Ihren Namen und Ihre Anschrift.«

»Ich kenne diese gesuchten Verbrecher aus dem Fernsehen. Die haben meinen Bruder dazu verführt. Sie müssen ...«

»Einen Augenblick bitte, liebe Frau. Ich vermute, dass Sie sich verwählt haben und den Notruf der Polizei haben möchten. Bleiben Sie ruhig und bitte legen Sie nicht auf. Ich verbinde Sie sofort mit dem richtigen Ansprechpartner. Augenblick bitte.«

Das ständige Klicken in der Leitung machte Elena noch nervöser. Kurz bevor sie auflegen wollte, meldete sich die ruhige Stimme eines Mannes.

»Polizeidienststelle Recklinghausen. Wie können wir Ihnen helfen? Bitte nennen Sie uns zuvor Ihren Namen und die Anschrift.«

»Ja, ja, einen Augenblick. Elena. Ich heiße Elena Fontana. Mein Bruder ...«

»Wo wohnen Sie, gnädige Frau. Bitte, wir brauchen das. Beruhigen Sie sich.«

Elena verstand nicht, warum das so wichtig war, nannte aber schließlich ihren Wohnort.

»So, jetzt erzählen Sie bitte in aller Ruhe.«

Elena brachte es nach einigen gezielten Rückfragen fertig, dem geduldigen Beamten die Zusammenhänge zu erklären und ihm deutlich zu machen, dass sie Massimo als dritten, aber unschuldigen Täter vermutete.

»Ich habe Ihre Aussage jetzt aufgenommen, liebe Frau Fontana. Fühlen Sie sich dazu in der Lage, mit einem Kollegen zum Tatort zu fahren? Die ermittelnden Beamten vor Ort werden sicher noch gezieltere Fragen an Sie haben. Ich würde Sie in spätestens zehn Minuten von einer Kollegin abholen lassen. Sind Sie damit einverstanden?«

»Ja, doch, ich wohne ...«

»Das wissen wir doch, Frau Fontana, das wissen wir bereits. Also in zehn Minuten.«

Elena warf den Hörer in die Station. Sie betrachtete sich im Dielenspiegel. *In diesen Pantoffeln kann ich doch nicht ... was zieht man für sowas nur an? Der arme Massimo. Diese verdammten Schweine, denen werde ich was erzählen.* Mühsam quetschte sie ihre Füße in die schwarzen Schuhe mit dem flachen Absatz, da sie den Schuhanzieher nirgendwo entdecken konnte. Erst dabei fiel ihr auf, dass sie immer noch ihren Mantel über dem Arm trug. In dem Moment, als sie mit der Bürste durch das lange, schwarze Haar fuhr, klingelte es an der Tür. Erstaunt blickte sie auf die junge Dame, die lächelnd vor ihr stand.

»Ja, bitte? Ich habe jetzt keine Zeit für Sie, ich warte auf die Polizei. Kommen Sie später ...«

»Ich bin von der Polizei, Frau Fontana. Ich möchte Sie abholen.«

»Aber, Sie tragen ja keine ... diese Uniform. Warum tragen Sie keine Uniform?«

»Ich bin von der Kripo Recklinghausen, wir tragen immer Zivil. Hier ist mein Dienstausweis. Sind Sie denn so weit, dass wir losfahren können? Bei Ihnen riecht es übrigens ausgezeichnet, Frau Fontana.«

»Oh Gott, die Soße. Ich muss noch den Herd ausstellen. Das wäre ja schlimm geworden. Oh Gott, oh Gott. Moment noch.«

Knoll hörte aufmerksam zu, als die Zentrale ihm berichtete, dass der Aufruf im Fernsehen schon sehr früh einen Erfolg gebracht hatte. Eine wichtige Zeugin war bereits auf dem Weg zu ihnen und würde in den nächsten Minuten eintreffen. Er hatte gerade das Gerät zugeklappt, als sich die Menge am Parkplatzeingang teilte und ein Wagen durchgewunken wurde. Das Blitzlichtgewitter erhellte den Nachthimmel.

»Ich freue mich, dass Sie so schnell hier sein konnten. Mein Name ist Hauptkommissar Knoll, ich leite den Einsatz. Man hat mich darüber informiert, dass Sie Ihren Bruder als dritten Täter vermuten. Dem Namen nach, dürften Sie beide aus Italien stammen. Ist das richtig? Was bringt Sie zu der Vermutung, dass Ihr Bruder in die Sache verwickelt sein könnte?«

Elena knetete ihre Hände und starrte durch die offenstehende Tür auf die Menschenmenge, die sich vor dem Eingang des Geländes staute. Schwach vernahm sie die *Rufe: Knallt sie ab, knallt sie ab. Raus mit dem Pack.*

Ängstlich blickte sie auf den Hauptkommissar, der sich erhob und energisch die Tür zuzog.

»Bitte erzählen Sie mir in aller Ruhe, was Sie wissen. Jede Kleinigkeit kann für uns wichtig sein. Das da draußen darf Sie nicht interessieren, der Mob schreit immer nach vermeintlich Schuldigen und deren Bestrafung.«

»Massimo meinte, dass er mit diesem Freddy eine Fuhre fahren müsste, ich glaube, er sprach von Altmetall. Da wären ein paar Riesen drin. Aber, Herr Hauptkommissar, ich glaubte ihm das nicht. Massimo hat mich zum ersten Mal in seinem Leben angelogen. Da bin ich mir sicher. Und dieser Richard, mit dem er immer zusammen ist, der ist noch viel schlimmer. Ich habe die mal belauscht ... natürlich ganz zufällig ... Da hat dieser Dreckskerl darüber gesprochen, dass er ein junges Mädchen, eine Schülerin, in seiner Wohnung ... na, Sie wissen schon. Und jetzt ist mein Massimo mit denen da drin. Holen Sie ihn da raus. Mein Bruder kann keiner Fliege was zuleide tun, wenn ihn keiner angreift. Bitte.«

Flehentlich hatte Elena die Hände wie im Gebet zusammengelegt und bettelte Knoll an. In diesem Augenblick öffnete sich mit einem Ruck die Schiebetür des Busses. Prenzel sah hinein.

»Wir sind soweit. Der Mann ist drin. Er berichtet über Kanal vier, Chef.«

Das Zittern in Elenas Körper setzte augenblicklich ein. Das Entsetzen in ihren Augen war nicht zu übersehen.

»Was passiert hier? Was haben Ihre Männer vor? Werden Sie Massimo töten? Das dürfen Sie nicht tun. Der ist unschuldig, die haben ihn dazu gezwungen.«

Verständnislos blickte Prenzel auf die schwarzhaarige Frau, die jetzt aufstand und versuchte, den Wagen zu verlassen. Beherzt griff Prenzel zu und sah seinen Vorgesetzten hilfesuchend an.

»Ich verstehe nicht. Was machen wir mit der Frau? Wer ist das?«

»Prenzel, bringen Sie Frau Fontana bitte zu der Beamtin, die auch diesen Reiner Richter betreut. Sie darf auf keinen Fall in die Nähe des Gebäudes gelangen. Das ist übrigens, damit Sie im Thema sind, die Schwester des dritten Mannes. Er heißt Massimo Fontana. Ich will einen Bericht über den Mann auf meinen Tisch, und das bitte gestern!«

»Kanal vier, Chef. Nicht vergessen.«

»Abmarsch Prenzel, bringen Sie die Dame aus der Gefahrenzone. Und denken Sie daran, ich brauche den Bericht.«

Kapitel 18

Miriams Cappuccino hatte die Gemüter der drei Männer einigermaßen beruhigt. Sie standen flüsternd an der Theke. Was das Telefonat gebracht hatte, blieb uns verborgen. Doch entging mir nicht die Ratlosigkeit in den Gesichtern der Männer. Hinter mir wurde es unruhig, als sich mehrere Männer um Martin und Klaus, unsere Saunahelden, scharrten. Die Hitze der Sauna war mittlerweile aus ihren Körpern gewichen. Sie saßen bibbernd unter ihren Handtüchern. Da niemand von uns etwas Wärmendes zur Hand hatte, waren alle ratlos, wie wir helfen konnten. Mama war einmal mehr die treibende Kraft, um Bewegung in die verzweifelte Lage der Oldies zu bringen.

»He, Ihr Helden. Kann mal einer von euch herkommen? Ich mach euch danach einen frischen Cappuccino.«

Freddy näherte sich lauernd, blieb aber in gebührendem Abstand stehen. Die Waffe steckte drohend in seinem Hosenbund.

»Was willst du boshaftes Weibsstück denn jetzt wieder? Hast du die Schnauze noch nicht voll?«

»Sie können mich nicht beleidigen. Dazu braucht es schon wahre Männer, keine Versager, die hilflose Frauen verprügeln.«

Freddy machte einen Schritt auf Mama zu, die aber keinen Millimeter zurückwich. Schnell sprang ich dazwischen, um ihr weitere Schläge zu ersparen. Ich konnte nicht einschätzen, wie sich eine weitere Eskalation auf ihren Gesundheitszustand auswirken würde.

»Darf ich Sie um Hilfe bitten? Den beiden älteren Männern, die Sie vorhin aus der Sauna geholt haben, drohen starke Erkältungen. Kann jemand mit ihnen in die Umkleidekabine gehen, damit sie sich was Warmes anziehen können? Das sollte schon ein Mann tun.«

»Ist das eine Verarsche von euch? Wollt ihr uns trennen, damit ihr was durchziehen könnt? Vergiss das, du kleine Schlampe. Die beiden Alten haben doch noch vor kurzer Zeit nen Striptease hingelegt und haben rumgekaspert. Jetzt wollen die plötzlich sterbenskrank sein? Netter Versuch.«

Freddy drehte sich um und war im Begriff, wieder zur Theke zu gehen, als ihm ein Schuh an die Schläfe flog. Ungläubig blieb er wie angewurzelt stehen und sah auf Mama, deren Gesicht puterrot geworden war.

»Du verdammter Bastard. Hast du denn nur Müll im Gehirn? Was haben deine Eltern nur bei dir falsch gemacht? Oder hattest du gar keine? Ja, du bist viel-

149

leicht ein Alien, völlig ohne Gehirn und ohne Gefühle auf einem verlassenen Stern geboren worden. Ich wünsche dir die Pest an den Hals. Komm doch, ich spüre, dass du wieder Lust darauf hast, eine schwache Frau zu verprügeln. Zu mehr reicht es bei dir ja nicht. Ich warte.«

Mama sank erschöpft auf ihren Stuhl, erhob sich jedoch wieder unter größter Anstrengung. Kampfeslustig blitzte sie den schockierten Freddy an. Wie ein Preisboxer hatte sie die Hände erhoben und hielt sie zu Fäusten geballt vor das Gesicht. Wenn die Situation nicht so dramatisch gewesen wäre, hätte ich laut gelacht. Alle im Raum starrten auf die Frau, die sich gegen die grobe Gewalt aufgelehnt hatte und sie allesamt beschämte. Das Kichern von der Theke erlöste uns aus der Starre. Richard war nach vorne getreten und zischte mit einem Leuchten in den Augen seinem Partner die uns alle schockierenden Worte ins Ohr.

»Hau der verfickten Hure endlich richtig was auf die Fresse, die nervt mich schon lange. Oder soll ich mich um das Weibsbild kümmern?«

Beide Männer standen nun nebeneinander und blickten belustigt auf die immer noch kampfbereit stehende Mama. Langsam näherten sich beide der Ecke, in der sich die Frauen versammeln mussten. Sie verharrten einen Moment, als sich Ansgar von seinem Stuhl erhob und sich ihnen in den Weg stellte. Als sie sich weiter auf Mama zubewegten, standen sie plötzlich einer Mauer von fünf Trainern gegenüber, die allen Mut zusammengefasst hatten. Als sich dann sogar eine weitere Mauer aus Frauen bildete, die alle den Weg zu meiner Mutter versperrten, wichen die beiden Gangster endgültig zurück und tasteten nach ihren Waffen.

»Glaubt ihr wirklich, dass wir euch das durchgehen lassen? Das hat Folgen. Setzt euch sofort wieder auf euren fetten Arsch, sonst passiert hier was.«

Richard stand Mordlust in den Augen, als er die Waffe hob und genau auf meine Stirn zielte. Die Beine drohten wegzubrechen, ich sank auf meinen Stuhl. Das Tränenwasser nahm mir die Sicht. Nur vage nahm ich wahr, dass sich eine mächtige Hand um Richards Waffe legte und sie unbarmherzig herunterdrückte.

»Du hirnloser Idiot, was tust du? Wir können uns das nicht bieten lassen. Die tanzen uns sonst auf dem Kopf rum. Lass sofort los!«

Unbeeindruckt von den wüsten Beschimpfungen wandt Massimo Richard die Pistole aus der Hand und schob sie hinter seinen Hosenbund. Dann griff er beiden Kumpels an den Kragen, zog sie zur Theke. Es war für mich absolut surreal, als um mich herum leichter Applaus aufbrandete. Einige sanken auf ihre Stühle oder weinten vor Erleichterung. Die Emotionen wirkten bei Jedem anders. Mama wurde umringt von Menschen, die sie noch Stunden zuvor so gut wie gar nicht beachtet hatten, nicht einmal ihren Namen kannten.

»Das wirst du noch bereuen, das verspreche ich dir. Du hast uns vor denen zum Clown gestempelt. Du hast wohl noch nie davon gehört, dass Frieden, aber vor allem Respekt nur durch Angst garantiert wird. Erwarte bloß nicht von uns, dass wir dir den Rücken decken, wenn sie dich am Arsch haben. Wir werden lachen, wenn du von ihnen hingerichtet wirst. Aber du hast entschieden, jetzt sorge dafür, dass wir hier unbeschadet rauskommen.«

Es war Massimo anzumerken, dass er unsicher wurde. Seine Natur, Gewalt gegen Andere nicht zuzulassen, hatte ihm heute wohl nicht nur die Achtung der Opfer, sondern vor allem den Hass seiner niederträchtigen Freunde zugezogen. Mir tat dieser große Mann leid in seiner Hilflosigkeit. Er folgte doch nur einer inneren Eingebung, ohne sich über die Folgen im Klaren zu sein.

In dem Augenblick, als sich Massimo wieder unserer Gruppe zuwendete, flüsterten die beiden Ganoven im Hintergrund miteinander. Mein Hass auf diese Männer wuchs ins Unermessliche.

»Ihr da«, Massimo zeigte auf Klaus und Martin, die bibbernd auf ihren Stühlen hockten, »haut ab in die Kabinen und zieht euch was an. In fünf Minuten will ich euch wieder hier sehen. Los, die Zeit läuft.«

Dankbar lächelnd erhoben sich die beiden Männer und schlurften gebückt durch die Gerätschaften, Richtung Treppenaufgang. Die Handtücher zogen sie eng

152

um ihre nackten und frierenden Körper. Ein kleiner Hoffnungsschimmer zeigte sich am Horizont.

»Verdammt, Klaus, ich hab mir da unten den Hintern abgefroren. Jetzt geht es mir schon viel besser. Brauchst du noch lange?«

»Nee, bin sofort soweit. Hör mal Martin, mir geht da was durch den Kopf. Nur so eine Idee, meine ich. Was hältst du davon, wenn wir die Biege machen? Das ist doch jetzt die beste Gelegenheit, sich in Sicherheit zu bringen. Unten im Treppenhaus können wir durch die Tür abhauen. Da kann uns keiner von denen sehen. Bringt die anderen doch sowieso nicht weiter, ob wir nun zwei mehr oder weniger sind. Unsere Frauen werden sich bestimmt Sorgen machen und froh sein, wenn wir rausgekommen sind – zumindest deine. Meine Else hat bestimmt schon sämtliche Papiere der Lebensversicherung rausgekramt, als sie von dem Überfall hörte. Aber die würde sich wundern, wenn sie den Rasen mal selbst mähen müsste und die Wasserkisten schleppen müsste. Was hältst du davon?«

Martin Wollenberg schnürte den letzten Senkel zu, quälte sich wieder in die Aufrechte und betrachtete seinen langjährigen Saunapartner nachdenklich. Sicher, daran hatte er auch schon gedacht, doch den Gedanken schnell wieder verworfen.

»Wie stellst du dir das vor? Glaubst du wirklich, dass du damit glücklich wirst? Der arme Kerl da unten hat sich für uns eingesetzt, sogar sein Leben aufs Spiel gesetzt. Jetzt willst du den mal eben so in die Pfanne hauen? Außerdem wirst du dich danach hier nicht mehr sehen lassen können, das garantiere ich dir. Nee Klaus, das zieh mal alleine durch, da spiel ich nicht mit. Die Rita hat mehr Zivilcourage in ihrer Zahnplombe, als wir im ganzen Körper. Ich geh jetzt wieder zurück. Verdammt, da ist doch wenigstens was los. In unserem Scheißleben ist doch ein Tag wie der andere. Endlich ist mal wieder ein bisschen Leben in der Bude. Was du tust, entscheide selber. Aber für mich bist du dann gestorben. Ich finde das einfach Scheiße, was du vorhast.«

Martin drehte sich ohne ein weiteres Wort um und zog die Tür zum Treppenabgang auf. Nachdenklich warf er einen Blick auf den dunklen Parkplatz, der nur rhythmisch vom Blaulicht der Polizeifahrzeuge erleuchtet wurde. *Eigentlich hatte Klaus nicht Unrecht. Sie hatten nur dieses eine Leben, und das wollte er jetzt ein weiteres Mal aufs Spiel setzen. Wem war er diese Solidarität schuldig? Würden die Anderen ebenfalls so handeln?* Mit einem Stoßseufzer setzte er den Fuß auf die erste Stufe, straffte den Körper und schritt entschlossen hinab.

Schon nach den ersten Schritten hatte er einen frischen Luftzug gespürt. Als er auf dem untersten Treppenabsatz ankam, fuhr er erschrocken herum. Eine Hand hatte ihn berührt. Im Licht der Notbeleuchtung erkannte er eine dunkle Gestalt, die mit einem Helm bedeckt vor ihm stand. Der Finger, den der Mann auf den Mund gelegt hatte, bedeutete Martin, dass er keinen Ton sagen sollte. Der Beamte wies hinter sich auf die Tür, durch die er selbst hereingekommen sein musste. Einen kurzen Augenblick sah Martin auf den gläsernen Ausgang in die sichere Freiheit. Er zögerte. Begleitet von einem Kopfschütteln wischte er entschlossen die Hand des Beamten von seiner Schulter. Seine schmalen Schultern strafften sich. Er vernahm die geflüsterte Frage des Mannes.

»Sind das wirklich nur drei Mann da drinnen und wie sind die bewaffnet? Seid ihr alle gesund?«

»Die drei haben nur jeweils eine Pistole. Mehr habe ich bisher nicht gesehen. Die Leute sind eigentlich alle gesund. Die haben uns weitestgehend in Ruhe gelassen. Aber lange geht das nicht mehr gut. Die streiten sich ständig und bedrohen sich sogar gegenseitig. Ihr müsst was unternehmen. Ich muss jetzt wieder rein, sonst suchen die mich. Oben ist noch einer, der sich auch umziehen durfte.«

Martin öffnete die Tür zum Studio und lief bedächtig durch die Trainingsgeräte auf die Servicetheke zu.

»Wo ist dein Kumpel? Hat den ein Herzkasper abberufen oder ist der feige Arsch abgehauen?«

Die Frage kam lauernd. Richard näherte sich mit gesenktem Kopf und fasste Martin am Halsausschnitt, schüttelte ihn. Dabei drehte er sich um, sah Massimo mit hassverzerrtem Gesicht an.

»Muss ich da noch ein Wort sagen, du Affe? Wie kann man nur so beschränkt sein und daran glauben, dass diese Feiglinge nicht die erstbeste Gelegenheit nutzen, um abzuhauen. Mach doch alle Türen auf und lass die Arschgeigen raus. Dann können die Bullen uns endlich alle einzeln umlegen. Das willst du wohl auch, oder. Ich habe nicht vor, so einfach aufzugeben, das sage ich dir. Dann nehme ich vorher noch einige mit.«

Er schrie diese Worte dermaßen laut, dass wir alle zusammenfuhren und enger zusammenrückten. Mama war zu mir gekommen. Sie legte ihren Arm schützend um meine Schultern und drückte meinen Kopf an ihre Brust. Ich konnte die Tränen nicht mehr zurückhalten, ließ ihnen freien Lauf. Ein kurzer Ruck, der durch Mama lief, brachte mich wieder zurück in die Realität. Ihre Augen richteten sich gebannt auf die andere Seite des Trainingsraumes, auf der sich eine Tür geöffnet hatte. Klaus Schaaf suchte den Weg, an Laufbändern und Ergometern vorbei, zu uns in den Besprechungsraum. Warum Martin ihm ernst zunickte, blieb uns allen verborgen. Sie stießen ihre Fäuste gegeneinander und sahen sich tief in die Augen. Mama strich mir über das Haar, flüsterte den beiden Männern ein *Hallo, schön, dass ihr wieder bei uns seid* zu. Sie schien zu ahnen, welche Entscheidung die beiden Männer getroffen hatten.

Massimo war die Erleichterung anzusehen. Sein Körper entspannte sich. Er wusste zu diesem Zeitpunkt noch nicht, wie dramatisch sich die Lage in den kommenden Stunden verändern würde.

Kapitel 19

Reiner Richter sah nur kurz auf, als dieser gelackte Kommissar Prenzel eine schwarzhaarige Frau in den Polizeibus führte, den man eigens für eventuelle Zeugen, und zur Erstversorgung der Geiseln abgestellt hatte. Er betrachtete danach wieder seine gefalteten Hände. In Gedanken wiederholte er immer wieder gebetsmühlenartig das Vaterunser, das einzige Gebet, das ihm aus Kindertagen im Gedächtnis geblieben war. Nein, er war kein religiöser Mensch. Für ihn regelte die Natur das Leben. Gott war eine Erfindung der Kirche, damit sie sich an etwas festhalten konnten, wenn die Verzweiflung sie überfiel. Richter war allerdings davon überzeugt, dass der Glaube tatsächlich Berge versetzen konnte, egal, woran man glaubte. Nun brauchte er diesen Halt.

Die anwesende Beamtin versorgte ihn bisher fürsorglich mit Getränken. Essen hatte er abgelehnt, da ihm ein Riesenklumpen im Magen jeglichen Appetit verdarb. Es wurde erzählt, dass abseits noch ein weiterer, aber größerer Bus stand, der die Angehörigen der anderen Geiseln aufgenommen hatte. Sie wurden bereits psychologisch betreut, was er aber abgelehnt hatte. Folglich musste diese Frau eine Zeugin sein. Als dieser Prenzel die Frau brachte, flüsterte er kurz mit der Beamtin und verschwand eilig. Richter hob den Kopf und betrachtete die Frau, ohne sich dessen bewusst zu werden, dass ihr das unangenehm sein könnte.

»Sind Sie ... haben Sie auch jemanden ... ich meine, ist da drin ein Angehöriger von Ihnen?«

Das Sprechen fiel ihm schwer. Die Krankheit zeigte erste Absichten, das Sprachsystem zu blockieren, zumindest einzuschränken. Er räusperte sich und versuchte es erneut. Bevor er das erste Wort sprechen konnte, nickte sie. Tränen liefen über ihre Wangen. Die Beamtin legte eine Hand auf Elenas Arm und strich über das lange Haar.

»Alles wird gut. Die Kollegen wissen, was sie tun müssen. Ihrem Bruder wird nichts geschehen.«

»Gibt es denn immer noch keine Fortschritte da drin? Hat man schon Kontakt aufgenommen zu diesen Schweinen? Ihr müsst doch daran denken, welche Todesangst diese Menschen durchleiden müssen, während wir hier in Sicherheit sitzen. Ich würde sofort mit meiner Familie tauschen, mich als Geisel anbieten. Oh, verdammt, ich hasse diese Männer. Gott soll sie in die tiefste Hölle schicken, diese Tiere.«

Das Geräusch schallte sogar nach draußen, als Richter donnernd die Faust auf den Tisch schlug. Sein Gesicht war rot angelaufen. Elena zuckte, wie unter einem Peitschenhieb zusammen und sprang auf. Die Beamtin fasste sie an den Ärmel ihres Mantels und zog sie wieder auf die Bank. Es brach einfach aus Elena heraus.

»Seien Sie ruhig, Sie Bestie. Sie wissen doch nichts über die Männer. Sie glauben, sich ein Urteil bilden zu dürfen, und wissen nichts ... gar nichts. Sie glauben, weil es Ihnen gut geht, Sie genug Geld besitzen, können Sie sich über alle erheben, denen es schlechter geht. Wer sind Sie denn? Gott selber? Nein, Sie sind ein kleiner Wicht, der sein schweres Schicksal beweint, dem so unendlich übel mitgespielt wurde. Sie wünschen meinem Bruder den Tod? Warum? Hat er Ihnen schon ein Leid zugefügt? Nein? Sie kennen diesen Menschen doch gar nicht.«

Elena versagte die Stimme. Sie hatte beide Hände auf die Tischkante gestützt und sah ihr Gegenüber mit wilden, aber tränengefüllten Augen an. Sie setzte sich wieder und drückte sich weinend in die äußerste Ecke der Sitzbank. Reiner Richter saß sprachlos da und verstand nicht, was gerade geschehen war. *Diese Frau sprach von ihrem Bruder, dem er angeblich den Tod gewünscht hatte. Konnte es sein, dass ihr Bruder ...? Nein, das war nicht möglich, durfte einfach nicht sein.* Er griff nach seinem Wasserglas und trank es in einem

Zug leer. Fragend sah er auf die Beamtin, die verzweifelt nach draußen sah, in der Hoffnung, dass man ihr helfen würde. Schließlich zog sie die Schultern hoch und näherte sich wieder Elena. Die hatte den Kopf in die Armbeuge gelegt. Ihr Schluchzen war nicht zu überhören.

»Es ... es tut mir leid.«

Leise, mit einem krächzenden Unterton, kamen die Worte über Reiners Lippen. Er versuchte, seine Erregung niederzukämpfen, verkrampfte die Finger zu Fäuste. Zögernd bewegten sie sich auf Elenas Arme zu, erreichten sie schließlich. Sofort zuckte sie zurück, als sie die Berührung spürte. Mit schwacher Stimme sprach sie in den Stoff ihres Mantels.

»Keiner weiß, was wir erleben mussten. Massimo ist ein guter Junge, er ist anständig erzogen worden.«

Sie hob den Kopf und sah Reiner Richter geradeheraus an.

»Unsere Mutter hat stets für uns gesorgt, auch wenn Vater mal keine Arbeit fand. Niemals, das kann ich nur sagen, haben wir Kinder hungern müssen, niemals. Da haben die Beiden eher auf ihr Essen verzichtet. Sie hatten doch sicher immer genug, oder? Sie hier in Deutschland kannten doch nur im Krieg Hunger. Doch warum gibt es hier diese Verbrecher, so wie die beiden da drinnen, die meinen Bruder jetzt ins Gefängnis treiben. Er wollte doch nur etwas Geld verdienen ... für uns, damit wir die Miete bezahlen können.«

161

Elenas Augen fixierten einen Punkt an der Wand. Die Hände fuhren zitternd durch ihr Haar. Keiner wagte, die Stille zu stören, bis Reiner sich leise räusperte.

»Ich sage ja schon, dass es mir leidtut. Aber verstehen Sie auch meine Lage. Ich muss hier in diesem Polizeifahrzeug sitzen, zur Untätigkeit verdammt, während meine kranke Frau und meine kleine Tochter da drin von bewaffneten Männern bedroht werden. Ich will ja nicht behaupten, dass es gerade ihr Bruder ist, der sie bedroht. Aber dieses verdammte Warten, dieses Nichts-Tun-Können, es macht mich fertig. Glauben Sie mir, das ist die Hölle.«

Elena nickte und wischte mit dem Ärmel über ihr Gesicht.

»Wie heißen Ihre Tochter und Ihre Frau?«

»Die Kleine heißt Manuela. Sie arbeitet seit kurzer Zeit dort. Meine Frau«, Richter schluckte, »heißt Rita.«

»Schöne Namen. Sie sagten, dass Ihre Frau krank ist. Darf ich fragen ...?«

»Wir, das heißt, meine Frau und ich, leiden unter multipler Sklerose. Das ist eine große Belastung, aber wir haben uns damit arrangiert. Sie tötet uns nicht, aber sie schränkt das Leben eben ein. Damit lernt man umzugehen und wir machen das Beste draus. Manu blieb bisher davon verschont und wir Beide hoffen, dass es auch so bleibt. Wie heißen Sie denn?«

Lange ruhte ihr Blick auf Reiners Gesicht, sodass man das Gefühl bekam, sie wäre mit ihren Gedanken abgewandert. Plötzlich stahl sich ein Lächeln auf ihre Lippen.

»Elena. Oma hatte sich durchgesetzt, dass ich Elena heißen sollte. Sie ist vor einigen Jahren verstorben. Dann ist Massimo zu mir gezogen. Sie müssen wissen, dass Massimo geistig etwas eingeschränkt ... ich meine, dass er in der Schule nicht so mitkam.«

Reiner Richter legte beruhigend seine Hand auf Elenas, die sich das jetzt gefallen ließ.

»Das ist doch kein Makel, den es zu erwähnen gilt. Wichtig ist doch, was wir aus unserem Leben machen. Ich habe Sie kennenlernen dürfen, Elena, und ich glaube fest daran, dass Ihr Bruder meine Familie beschützen wird. Geben Sie mir Ihre Hand. Alles wird gut.«

Knoll stierte auf das Telefon, als wollte er es beschwören, endlich zu klingeln. Schilling, der etwas abseits stand, beobachtete ihn sorgenvoll. Beide wussten sie, dass die Lage sich mit jeder Stunde verschärfen musste. Die Zeit brachte auch Gefahren mit sich, denn der Schlafentzug würde irgendwann zu Kurzschlusshandlungen bei den Geiselnehmern führen. Einige Komponenten, die als Druckmittel einzusetzen gewesen wären, fielen in ihrem Fall weg. Die Gangster und die Geiseln waren bestimmt ausreichend mit Essen und Trinken versorgt. Sanitäre Anlagen waren ebenfalls vorhanden. Schilling machte sich darüber Sorgen, dass bisher keine Forderungen gestellt worden waren. Das konnte bedeuten, dass man sich über ein weiteres Vorgehen uneinig war. Genau das war gefährlich, war nicht berechenbar. Er beneidete den Hauptkommissar nicht um seine Verantwortung. Jede Entscheidung konnte die Falsche sein. Ging alles gut, waren sie die Helden, kam auch nur eine Geisel zu Schaden, fiel die gesamte Republik über sie her. Die Medien warteten wie die Geier auf den geringsten Fehler.

Gerade als Knoll die Nummer wählen wollte, meldete sich der Computer mit einem *Plopp*. Die Mail kam vom LKA und enthielt Daten zum dritten Mann. Schilling stand schon neben ihm, als Knoll das Blatt aus dem Drucker zog. Beide lasen sie die wenigen Zeilen.

»Das hört sich gut an. Da haben wir lediglich einen kleinen Eierdieb. Italiener aus dem Norden, achtunddreißig Jahre, ledig, lebt mit der Schwester zusammen hier in Recklinghausen. Das ist ja ein Riese. Aber was haben wir da? Leichte Körperverletzung, einfacher Diebstahl, nur eine Bewährungsstrafe. Puuh, Gott sei Dank, ein kriminelles Leichtgewicht. Jetzt müssen wir überlegen, wie wir die Lage unter Kontrolle bringen, sonst ...«

»Ich weiß, Schilling, ich weiß. Was haben wir von unserem Mann da drin gehört?«

Kaum hatte er die Frage gestellt, erschien Prenzel mit einem SEK-Beamten.

»Chef, das ist Polizeiobermeister Romanowski. Ist gerade wieder raus und möchte berichten.«

»Das trifft sich gut. Kommt beide rein. Hier ist die Karte. Zeigen Sie uns, was da drinnen abgeht.«

»Ich bin hier am Aufgang zur Treppe rein, habe mich zum Saunabereich vorgearbeitet. Alles sicher, keine Geiseln. Von dieser Tür hier konnte ich das gesamte Areal übersehen. Die Geiseln befinden sich geschlossen in dem Bereich, der hier als Multifunktionsraum beschrieben wird. Nur ein Eingang, kaum Fluchtmöglichkeit. Davor befindet sich dieses Servicerondell, in dem sich die Täter fast ausschließlich aufhalten.

Zwei Dinge erscheinen mir wichtig. Beim Eindringen hatte ich Kontakt zu zwei männlichen Geiseln, die sich allerdings weigerten, in Sicherheit verbracht zu werden.«

Romanowski berichtete ausführlich über die Begegnung mit Martin und Klaus.

»Weiterhin halte ich es für besonders wichtig, zu erwähnen, dass es zu erheblichen Differenzen zwischen den Tätern selbst gekommen ist. Ein sehr kräftig gebauter Mann hat sich schützend vor die Geiseln gestellt, als eine Lage zu eskalieren drohte. Das könnten wir für unsere Zwecke nutzen. Ich halte es für den späteren Zugriff für zweckmäßig, dass die Männer hier, hier und hier eindringen. Es besteht sogar die Möglichkeit, die Täter mit wenigen, gezielten Schüssen außer Gefecht zu setzen. Für die Geiseln dürfte dabei keine Gefahr bestehen, da sie sich nicht im direkten Zielbereich aufhalten.«

»Gute Arbeit Romanowski. Sehr gute Arbeit. Wir würden Sie gerne wieder hinzuziehen, sollten wir einen finalen Zugriff vorbereiten. Für den Augenblick bedanken wir uns.

Gibt es von Ihnen, meine Herren, etwas hinzuzufügen, bevor ich einen weiteren Vermittlungsversuch unternehme?«

»Herr Knoll. Mir kommt da so ein Gedanke, der uns eventuell dabei helfen könnte, dass die Gangster von alleine aufgeben. Da sitzt doch drüben die Schwester von dem Großen, diesem Fontana. Die könnte doch mit ihrem Bruder sprechen und die Sinnlosigkeit darstellen. Ich meine, so an das Gewissen appellieren. Wie es mir scheint, ist der doch noch völlig unbescholten und könnte die anderen ...«

»Schilling, daran habe ich auch schon gedacht. Aber denken Sie nicht auch, dass es dann zu weiteren, für uns unkontrollierbaren Konflikten kommen könnte, bei denen sich die beiden Ganoven mit brutaler Gewalt gegen den Einzelnen richten? Ich könnte es mir niemals verzeihen, wenn ich anschließend dieser armen Frau berichten müsste, dass ihr Bruder ... na, Sie wissen schon.«

Prenzel war der Diskussion aufmerksam gefolgt, hielt sich jedoch mit seiner Meinung zurück. Dem erfahrenen Hauptkommissar war es nicht entgangen, dass seinem Mitarbeiter etwas auf der Seele brannte.

»Lassen Sie es raus, Prenzel, sonst schwillt ihr Hals noch stärker an. Sie möchten uns doch sicher was mitteilen. Wir sind ganz Ohr.«

Mit dieser direkten Ansprache hatte der Angesprochene nicht gerechnet, sein Gesicht verfärbte sich bis zum Ansatz seiner gestylten Frisur.

»Wenn Sie mich fragen, dann verstehe ich nicht, warum wir so viel Aufhebens wegen eines Verbrechers machen. Auch dieser Fontana wusste von vorneherein, worauf er sich einlässt. Niemand dringt in einen Raum ein, in dem sich unschuldige Menschen befinden, maskiert sich vorher und hält eine Knarre in der Hand. Der wusste ganz genau, dass er im schlimmsten Fall diese Waffe benutzen müsste. Sie vermuten, dass die Vögel eigentlich jemanden entführen wollten und dass diese Geiselnahme nicht geplant gewesen sein könnte. Gut und schön, aber ist das dann weniger kriminell? Warum nehmen wir so viel Rücksicht auf das Wohlergehen eines mutmaßlichen Entführers? Unsere Aufgabe ist es doch, die unschuldigen Bürger, diese Geiseln zu beschützen.

Das geht nicht in meinen Kopf. Schicken wir unsere Leute rein, machen diese Idioten kampfunfähig und der Drops ist gelutscht. Der Kollege Romanowski hat uns doch klar und deutlich dargestellt, dass ein schneller Zugriff problemlos möglich wäre, ohne die Geiseln in Gefahr zu bringen. Warum tun wir das dann nicht?«

Schilling und Knoll tauschten einen kurzen Blick aus, bevor der Hauptkommissar aufstand und gemächlich zum Kaffeeautomaten ging. In aller Gemütsruhe füllte er seinen Pott, fügte frische Milch hinzu und zählte sechs Zuckerwürfel ab. Prenzel wartete geduldig auf eine Antwort. Schilling kannte diesen gewieften Kriminologen, wusste, dass es in ihm arbeitete, dass er seine innere Erregung in diesem Augenblick niederzwang.

»Sie haben recht, Prenzel. Niemand in diesem Raum widerspricht Ihnen, wenn Sie aus rein taktischen Überlegungen heraus einen schnellen, finalen Zugriff favorisieren. Wir haben dann ein schnelles Ende für die in Angst lebenden Geiseln erreicht. Nun gut, wir müssen zwar anschließend eine Putzkolonne reinschicken, die das Blut wegwischen muss, aber was soll's. Die Geiseln sind frei, zumindest äußerlich unversehrt, die Gangster haben ihre gerechte Strafe erhalten und wir können die Menschen reinen Gewissens in die Hände der Psycho-Therapeuten übergeben. Genau hier hören Ihre Überlegungen auf, Prenzel.

Haben Sie schon einmal eine Geiselnahme erlebt, die mit dem Tod der Geiselgangster endet? Nein, wann denn auch. Sie sind dazu viel zu jung. Ich habe das schon zweimal erleben müssen, einmal gemeinsam mit dem Kollegen Schilling. Mal so als Beispiel. Haben Sie jemals von der Geiselbefreiung in einer Bank in Stuttgart vor zwanzig Jahren gehört? Das war ein Riesenerfolg für die örtliche Polizei. Das SEK ging nach sechsunddreißig Stunden rein, erschoss in wenigen Sekunden vier Gangster, einer wurde verletzt und sitzt heute noch. Keine Geisel hat auch nur einen Kratzer abbekommen. Die Zeitungen waren voll davon, die Polizisten erhielten Auszeichnungen. So weit, so gut. Niemand berichtet heute noch darüber. Niemand schreibt auch nur eine Zeile darüber, wie es den Geiseln heute geht, die das hautnah erleben mussten, die mit Blutspritzern und Knochensplittern der Toten besudelt, aus der Bank geführt wurden. Ich kann Ihnen sagen, dass einige von ihnen noch nach zwanzig Jahren nachts hochfahren, weil sie in ihren Träumen in Blut schwimmen? Viele von denen werden niemals wieder ein normales Leben führen können. Ich habe von einer Frau gehört, die seit dem damaligen Erlebnis ihre Wohnung nicht mehr verlässt, sich komplett abkapselt. Eine andere Person leidet unter Agoraphobie. Sie kann sich nicht mehr in öffentlichen Räumen aufhalten. Die Probleme zeigen sich auch in der Demophobie, was die Menschen davon abhält, sich in größeren Menschenansammlungen zu bewegen. Die Fachleute sprechen ganz pauschal dann von einer posttraumatischen Belastungsstörung. Und was glauben Sie, lieber Prenzel, was der Auslöser war?«

Knoll nahm einen großen Schluck aus seiner Tasse und zog die Hand zurück, mit der er wieder einmal über die Stirnnarbe gefahren war.

»Ich nehme Ihnen das nicht übel, Prenzel, aber ich werde immer zuerst versuchen, Menschenleben zu schonen. Selbst wenn Sie der Meinung sein sollten, dass das Leben von Kriminellen nicht erhaltenswert wäre, sollten wir sie einer normalen irdischen Gerichtsbarkeit zuführen und nicht versuchen, Gott zu spielen. Darin sehe ich eine unserer ersten Aufgaben bei der Polizei. So, genug philosophiert, mir ist nach Telefonieren. Prenzel, würden Sie diese Elena Fontana fragen, ob sie uns helfen würde?«

Prenzels Blick hatte sich an Knolls Kaffeetasse festgesaugt. Er reagierte nicht. Erst als Schilling ihn anstieß, schrak er hoch. Eilig machte der sich davon.

»Das war hart, Knoll, aber gut. Der Junge hat was dazugelernt. Ich muss zugeben, dass ich das von der Seite bisher auch noch nicht betrachtet hatte.«

Schilling klopfte dem älteren Kollegen anerkennend auf die Schulter und holte sich ebenfalls einen Kaffee. Beide wussten, dass die Arbeit jetzt erst begann.

Kapitel 20

»Freddy, wie lange sollen wir hier eigentlich noch Kohldampf schieben? Mir hängt der Magen auf den Schuhen. Kannst du den Bullen nicht mal texten, dass die uns ein halbes Schwein auf Toast ankarren lassen sollen?«

Von Massimo kam nur ein zustimmendes Brummen. Er hatte sich nach ihrem Streit an keiner Unterhaltung mehr beteiligt und lehnte nachdenklich an der Theke. Jetzt aber wurde sein Interesse geweckt. Freddy wirkte immer noch unentschlossen in dem, was die Lage insgesamt für sie verändern könnte. Mittlerweile war in unserem Raum ein leises Getuschel entstanden, womit wir uns über die Möglichkeiten austauschten, das Blatt zu wenden.

Einigen war aufgefallen, dass die drei Männer sehr unaufmerksam waren und ihre Waffen häufig einfach auf der Theke liegenließen, während sie sich mit anderen Dingen beschäftigten. Ansgar war der Meinung, dass ein kurzer Spurt dahin kein Problem bereiten würde. Mit Erschrecken stellten wir fest, dass jedoch niemand der jüngeren Generation jemals eine Waffe bedient hatte. Die Einzigen, die Erfahrung besaßen, waren Klaus und Martin. Holger Maske glaubte, die Frage als Joke einwerfen zu müssen, in welchem der Weltkriege das denn war. Die bösen Blicke, die er sich dafür einhandelte, ließen ihn schnell wieder verstummen. Die Senioren fielen also weg, da man, und das war sicher nicht unbegründet, Zweifel an ihrer Spritzigkeit hegte.

»Wir müssen die Typen irgendwie ablenken, eventuell trennen. Was haltet ihr davon? Schließlich ist es ja nicht ungewöhnlich, wenn sich mal einer von uns auf der Toilette erleichtern muss. Es könnte doch sein, dass dann einer von denen als Aufpasser mitgeht.«

Niemand sprach. Alle ließen Mamas Vorschlag sacken. Schließlich nickte Ansgar, der mittlerweile sowas wie unser Anführer geworden war. Bevor er weiter tätig werden konnte, nahm ich mit Erschrecken wahr, dass wiederum meine Mutter es war, die die Initiative ergriff. Ihre Stimme erfüllte den Raum.

»Hey, Männer. Kann ich euch mal was fragen? Einige von uns müssten mal dahin, wo auch seine kaiserliche Majestät ohne Sänfte hingeht. Wenn wir da nicht bald hinkommen, gibt es hier ne Riesenschweinerei. Was ist also?«

Richard war es, der die Faust auf die Theke hieb und sich herumwarf. Wut, die ihn wegen der neuerlichen Forderung gepackt hatte, spiegelte sich überaus deutlich in seinem aggressiven Verhalten wider. Er näherte sich.

»Schon wieder du? Hat man dich heimlich zur Betriebsratsvorsitzenden gewählt? Du gehst mir dermaßen auf die Nüsse, dass ich kotzen könnte.«

»Dann passt das ja. Wir müssen Wasser lassen. Dann kannst du ja gleichzeitig auch dein Essen wegbringen. Es ist uns auch lieber, wenn du den Scheiß, den du sonst redest, auf einmal rauslässt. Können wir jetzt, oder was?«

Bevor Richard losstürmen konnte, riss ihn Freddy an der Jacke zurück.

»Jeder, der auf den Topf muss, kommt nach vorne. Links die Weiber, rechts die Kerle. Alle in Reihe. Bewegt euch, los.«

Zögernd sortierten sich alle in ihre Reihe ein und warteten ab, was Freddy weiter anordnete. Mit Sorge betrachtete ich Richards hasserfülltes Gesicht. Seine Augen fixierten Mama, die das scheinbar gleichgültig ignorierte. Dennoch war ihr die Anspannung anzumerken, ich kannte sie schließlich. Nur wenige von uns blieben auf ihren Stühlen sitzen, verkniffen sich aus unerfindlichen Gründen den völlig normalen Harndrang.

»Massimo, du bleibst hier bei den restlichen Leuten. Ich geh mit den Männern, Richard passt auf die Frauen auf. Alle treffen sich wieder hier. Abmarsch in Reihe!«

Ich hielt mich dicht hinter Mama, die mir für einen kurzen Augenblick die Hand drückte. Ein mutmachendes Lächeln umspielte ihren Mund. Die Männerreihe machte sich auf den Weg nach oben, wo sich auch ihre Umkleide-Kabinen befanden. Aus unerfindlichen Gründen führte sie Ansgar nicht zum WC, das sich im unteren Sauna-Bereich befand.

»Wer von euch fertig ist, stellt sich vor die Tür und wartet, bis ich euch sage, dass ihr wieder in eure Höhle kriechen dürft. Und zügig das Ganze, ich will nicht die ganze Nacht in dem Mief zubringen.«

Richard sortierte die Reihe etwas um, worüber wir uns zu Beginn keine Gedanken machten. Eine nach der anderen erleichterten wir uns und warteten nach dem notdürftigen Händewaschen vor der Tür. Als alle fertig waren, schickte uns Richard wieder zurück.

»Zurück findet ihr doch wohl alleine, oder? Ich muss auch mal kurz. Zischt ab. Ihr geht direkt in euer Loch und geht nicht über Los.«

Er grinste über das ganze Gesicht, weil er scheinbar in dem Glauben lebte, dass dieser abgedroschene Bezug auf das Monopoli-Spiel ein absoluter Running Gag gewesen wäre. Wenn man seinen bescheidenen IQ berücksichtigte, mochte das sogar nicht unberechtigt sein. Leise miteinander flüsternd machten wir uns auf den Weg. Es dauerte mehrere Minuten, bis es uns siedendheiß durch die Glieder schoß.

»Wo ist Miriam?«

Ich hatte nicht mitbekommen, wer das fragte, sah mich aber hektisch im Raum um. Keine Spur von meiner Kollegin zu sehen. Schon wieder war es Mama, die als Erste reagierte und die vor ihr stehenden Stühle einfach zur Seite fegte. Massimo, der zuvor das Geschehen mehr teilnahmslos verfolgt hatte, fuhr hoch und fing Mama ab, die aus dem Besprechungsraum gestürzt war und Richtung Toiletten eilte.

»Halt, mein Fräulein. Wo soll's hingehen? Du kannst doch nicht einfach ...«

»Der Dreckskerl hat Miriam. Der ist mit ihr auf der Toilette. Lass mich zu ihr, bitte.«

»Wer hat ... was ist mit Miriam? Wo ist Richard, verdammt ... dieses Dreckschwein. Du verschwindest sofort wieder zu den Anderen.«

Massimo stieß Mama in meine Arme. Ich hielt sie mit aller Kraft fest, da sie dem großen Mann hinterher-laufen wollte. Sein Schatten verschwand hinter der Mauerecke. Wir vernahmen lediglich ein Geräusch, das an das Splittern von Holz erinnerte.

Die Tür krachte gegen die Fliesen, als Massimo sich dagegen warf, ohne den Türgriff zu benutzen. Er blickte sich in dem schwach beleuchteten Vorraum um, konnte jedoch Niemanden entdecken. Erst das leise Stöhnen einer Frau, das von dem zufriedenen Grunzen eines Mannes übertönt wurde, zeigte ihm, dass sich Richard in einer der Zellen befinden musste. Die erste

Tür, die Massimo aufstieß, knallte gegen die Wand. Die Zelle war leer. Bei der zweiten Tür hatte er mehr Glück. Das Türblatt schmetterte gegen den nackte Hintern seines Kumpels. Der Anprall sorgte dafür, dass er über das entblößte Hinterteil seines Opfers geschleudert wurde. Er prallte heftig gegen die Rückwand der engen Zelle, blieb einen Augenblick benommen neben der Toilettenschüssel liegen. Ungläubig starrte er auf seinen Peiniger. Massimo umfasste die Hüfte der schreienden Miriam und hob sie wie eine Feder aus dem Gefahrenbereich. Vorsichtig setzte er sie wieder vor dem Waschbecken ab. Blitzschnell drehte er sich wieder um, keine Sekunde zu spät, denn Richard suchte trotz der Enge neben der Schüssel verzweifelt nach seiner Waffe. Vor Schreck erstarrt, verfolgte Miriam das folgenden Geschehen mit angstgeweiteten Augen.

Massimo hatt seine Riesenhand um das immer noch steife Glied des Vergewaltigers gelegt, die andere fand Halt im Haarschopf. Er zog ihn gewaltsam in die Höhe. Richards Schmerzensschreie hallten durch den Raum. Miriam presste beide Hände auf ihre Ohren und begann ebenfalls zu schreien. Ihre ganze Verzweiflung über das gerade Geschehene lag in diesem Schrei. Sie zitterte und warf sich in die äußerste Ecke des Vorraumes. Mittlerweile hatte Massimo den Dreckskerl hochgezogen. Seine zappelnden Beine ragten aus der kurzen Zelle heraus. Die Schreie gingen in ein Gurgeln

176

über, das von der laufenden Toilettenspülung übertönt wurde. Die Bewegungen der Beine wurden langsamer, das Gurgeln leiser.

»Was tun Sie da? Bitte lassen Sie ihn los, Sie bringen ihn ja um!«

Mama hatte es nicht mehr ausgehalten und sich aus meiner Umklammerung befreit. Sie folgte diesem nervenzerfetzenden Schreien, wir liefen ihr zu dritt hinterher. Was wir zu sehen bekamen, ließ uns den Atem stocken. Miriam lag mit angstverzerrtem Gesicht in der Ecke des Waschraumes und hielt beide Fäuste gegen die Ohren gepresst. Die nackten Beine hatte sie vor ihren Körper gezogen, die Jeans und der Slip waren bis zu den Schuhen heruntergezogen.

Mama zog mit aller Gewalt an Massimos Jacke, versuchte dabei gleichzeitig, Richards Kopf aus dem Wasser der Kloschüssel zu befreien. Sein Körper hing nur noch schlaff daran herunter.

Wie in Zeitlupe erhob sich der Retter in höchster Not und fasste in den Haarschopf der Bestie. Endlich konnte Richard wieder die ersehnte Luft einatmen. Seine Pupillen waren seltsam verdreht, sahen in verschiedene Richtungen, die Todesangst hatte sein eh schon hässliches Gesicht in erschreckender Weise gezeichnet. Allmählich bewegte er wieder einzelne Glieder und presste eine Hand auf seinen Hals. Der Atem ging rasselnd, Wasser lief ihm aus den Mundwinkeln.

Ich bemühte mich mit Mama um Miriam, die uns ansah, als wären wir Fremde. Abwehrend streckte sie uns ihre Hände entgegen, Angst zeichnete ihr Gesicht. Ihr Weinkrampf wurde dadurch unterbrochen, weil sie sich übergab. Schließlich ließ sie es zu, dass ich ihr meinen Arm um die Schulter legen durfte. Das Schluchzen wurde weniger. Sie sah wie gebannt auf den Mann, der ihr das angetan hatte und nun dort hilflos auf dem Boden lag. Ich versuchte, in ihren Augen zu lesen, zu erkennen, was sie in diesem Augenblick denken könnte. Sie blieben völlig ausdruckslos. Kein Hass, keine Angst, nur eine beängstigende Leere.

Ich spürte eine Hand auf meiner Schulter. Ohne hochzusehen wusste ich, dass es Mama war, die wusste, dass ein noch längerer Aufenthalt in dieser Umgebung Miriam weiter schaden würde. Sie musste weg hier, brauchte einen Arzt. Vorsichtig versuchte ich, meine Freundin, zum Verlassen der Toilette zu bewegen. Keine Chance. Sie wehrte sich verzweifelt dagegen, auch nur in die Nähe des Mannes gezogen zu werden, der ihr dieses unsägliche Leid angetan hatte. Mit vereinten Kräften schafften wir es dennoch. Massimo hatte das Tier zwischenzeitlich an den Kragen gefasst und wie einen Mehlsack durch den Flur zur Theke gezogen. Behutsam zogen wir Miriam die Hosen hoch und begleiteten sie in die Umkleideräume. Dort legten wir sie auf eine Bank. Mit den Händen hielt ich ihren Kopf umfasst und legte meine Wange an ihre. Ihr Puls ging erschreckend ruhig. Das Herz pumpte ihr Blut für mein Empfinden viel zu langsam durch die Adern. Bis in die Umkleide hörte ich Mamas Ruf.

»Doktor Hanisch, wo ist Doktor Hanisch? Schnell, Miriam ist verletzt!«

Kapitel 21

»Was ist das für ein Radau da draußen, Schilling?«

»Da hat sich eine Gruppe vor der Absperrung versammelt, die lauthals die Köpfe der Täter fordert. Die verfluchten Nachrichten haben die Sache dermaßen aufgebauscht, dass der Volkszorn jetzt hochkocht. Da wurde schon von verletzten Geiseln berichtet. Man vermutet einmal mehr Flüchtlinge unter den Tätern. Nun wollen die Wandalen da draußen, dass wir rigoros vorgehen und die Drei liquidieren. Ich habe vorhin mit einigen von denen gesprochen. Die sind der Meinung, dass diese Verbrecher nicht in den Knast gehören, sondern an den Galgen, wie es früher üblich war. Ich habe Verstärkung angefordert, damit die nicht noch auf die Idee kommen können, das Gebäude zu stürmen oder sogar versuchen, zu lynchen.

Einige meiner Leute sind der Meinung, dass sich da gewaltbereite Rechte unter die Neugierigen gemischt haben und Stimmung machen. Was ist das bloß für eine beschissene Welt geworden.«

Zwei Personen lenkten sie von ihrem Thema ab. Schilling und Knoll beobachteten mit Sorge, wie sehr Elena und Prenzel miteinander diskutierten und er sie drängte, weiterzugehen. Ängstlich blickte die Frau immer wieder in Richtung des Tumults. Schließlich half Schilling ihr in den Bus und setzte sie direkt neben seinen Chef Knoll. Energisch zog er die Schiebetür zu. Es wurde still im Wagen, das Geschrei erstarb.

»Ich kann das nicht.«

Die vier Worte standen wie eine unüberwindbare Mauer im Raum. Die Männer sahen sich an und Knoll ergriff Elenas Hand, die sich anfühlte, als gehörte sie einer Toten. Kalt bis in die Fingerspitzen. Beruhigend legte er seine andere Hand darüber und sah sie geradeheraus an.

»Warum, liebe Elena ... ich darf Sie doch so nennen? ... warum sollten gerade Sie das nicht können? Sie sprechen doch mit Ihrem Bruder, Ihrem Fleisch und Blut, mit dem Sie vertraut sind. Lassen Sie einfach Ihr Herz für Sie sprechen, Sie müssen sich nicht verstellen. Unsere Hoffnung, und die aller gefangenen Geiseln natürlich, liegt darin, dass gerade Sie Ihren Bruder erreichen können. Das würden wir nie schaffen, was das Blut bewirken kann, das in euren Adern fließt. Ich weiß, dass Sie Angst davor haben, etwas Falsches zu sagen, etwas, was der Sache schadet. Seien Sie unbesorgt, Ihr Herz wird Ihnen vorgeben, was richtig ist. Was soll schon passieren? Ihr Bruder ist ein anständiger Kerl, kein Verbrecher, wie die anderen beiden. Er wird Sie anhören und verstehen.«

»Aber die da draußen fordern seinen Kopf. Die kennen ihn doch gar nicht. Was passiert mit ihm, wenn die ihn zu fassen bekommen?«

»Das wird niemals geschehen, Elena, niemals. Da gebe ich Ihnen mein Wort drauf. Diese Männer hier«, er zeigte in die Runde, »werden gemeinsam mit den Einsatzkommandos alles daran setzen, dass die Geschichte unblutig und unspektakulär beendet wird. Aber das entscheiden wir leider nicht alleine. Ihr Bruder Massimo und seine Kumpel reden da ein Wörtchen mit. Uns ist daran gelegen, ein Ende zu finden, das uns gut schlafen lässt. Doch ich will eines nicht wegreden, Elena. Sollte einer der Drei da drin glauben, mit Gewalt reagieren zu müssen, dann wird er Gewalt erfahren. Sie werden verstehen, dass wir nicht einfach so abziehen und die Geiseln ihrem Schicksal überlassen können. Das funktioniert nicht, dass wir wegsehen, nach dem Motto, zieht unbehelligt ab und der Letzte macht das Licht aus. Die haben da drin etwas in Gang gesetzt, das nur sie selbst wieder stoppen können. Unsere Gesellschaft kann es nicht ungesühnt lassen, wenn Menschen derart drastisch das Gesetz brechen und dabei noch Andere in Gefahr bringen. Bitte, tun Sie es für Ihren Bruder!«

182

Knoll hob das Telefon und sah Elena bittend an. Erst wich sie seinem Blick aus, nickte schließlich ergeben und schnäuzte in ihr Taschentuch. Mit einem tiefen Seufzer wählte er die erste Ziffer.

»Was ist jetzt schon wieder? Wir haben Kohldampf. Ihr wollt uns bestimmt fragen, was wir essen wollen, oder?«

Knoll atmete tief durch.

»Bevor wir die Cateringfrage behandeln, habe ich eine Bitte, die leicht zu erfüllen ist. Da möchte jemand mit Massimo reden. Ist der in der Nähe? Seine Schwester ...«

Knoll nahm Geräusche wahr, die wie ein Kampf anmuteten, als würde man um das Telefon ringen.

»Elena? Bist du das? Antworte doch ... ich bitte ...«

Schnell übergab Knoll an die entsetzt dreinblickende Frau, die nur zögernd den Hörer an das Ohr drückte.

»Geht es dir gut? Massimo, warum tust du uns das an? Das ist Unrecht, was du den armen Menschen zufügst, schlimmes Unrecht.«

»Elena, bitte. Ich weiß das selbst. Das habe ich auch nicht gewollt. Wir wollten doch nur diese Geldsäcke, die Klosterhards da rausholen. Die hätten uns viel Geld gebracht. Warum ist der auch in die Schweiz gefahren? Das wäre alles nicht passiert, wenn der Typ hier gewesen wäre. Glaube mir, es wird alles wieder gut.«

Prenzel hatte längst den Namen Klosterhard in den Computer eingegeben. Das Ergebnis erschien auf dem Bildschirm. Cimplex KG stand ganz oben auf der Liste, eine Firma, die ihren Sitz in Datteln hatte und deren Geschäftsführer Dietmar Klosterhard war. Ihr Geschäft war die Erstellung und Vertrieb von Spiele-software. Knoll nickte und konzentrierte sich wieder auf das Telefonat.

»Was erzählst du da? Nichts wird wieder gut. Du hast dich auf etwas eingelassen, das du nie wieder gut-machen kannst. Du versündigst dich vor Gott. Und was mich sehr traurig macht, ist die Tatsache, dass du mich zum ersten Mal belogen hast. Du hast mich belogen, hörst du?«

Elena zeigte Emotionen, schrie diese Worte in den Hörer. Sie nahm ihn vom Ohr und starrte darauf, als trüge dieses Telefon die alleinige Schuld an dem Dilemma. Leise schwangen Massimos Worte durch den Raum. Alle konnten mithören, als er seine Schwester um Vergebung bat.

»Das wollte ich nicht, Elena. Glaube mir, das wollte ich wirklich nicht. Hätte ich dir sagen sollen, dass ich einen Menschen entführen will? Wäre dir das lieber gewesen? Du hättest versucht, mich davon abzuhalten. Das wäre aber nicht möglich gewesen ... ich habe es meinen Freunden versprochen, mitzumachen.«

Elena riss den Hörer wieder hoch und schrie ihren Bruder an.

»Du hast was? Du sprichst bei diesen Bestien von deinen Freunden? Spinnst du jetzt komplett? Das sind nicht deine Freunde, Massimo. Die würden dich jederzeit ans Messer liefern, um ihre eigene Haut zu retten. Du schuldest denen keine Loyalität. Die wissen nicht einmal, was dieses Wort bedeutet. Du bist nur dir selbst gegenüber verantwortlich, deiner Familie und deinem Gewissen.«

Im Hintergrund war ein lautes Gepolter zu hören, das von wilden Flüchen begleitet wurde. Nach einem Schmerzensschrei trat für einen Augenblick Ruhe ein, bevor Massimos Stimme deutlich zu hören war.

»Versuch das nie wieder, du Arschloch. Ich telefoniere mit meiner Schwester, verdammt nochmal.«

Elena sah irritiert in die Runde.

»Massimo? Sag doch was, bist du noch dran? Sprich mit mir.«

»Ja, ja, ich bin wieder da. Dieser Richard wollte mir das Telefon wegnehmen. Dem geht es im Moment nicht so gut. Wo waren wir stehengeblieben?«

»Ich habe dir gesagt, dass du denen nichts schuldig bist. Willst du dich tatsächlich mit diesen gewalttätigen Männern auf eine Stufe stellen? Wenn du das tust, hast du dich selbst aufgegeben. All das, was dir unsere Eltern und deine Oma mitgegeben haben, ist dann verloren. Ich sehe sie alle vor mir, wie sie in diesem Augenblick verzweifelt auf dich hinuntersehen und entsetzt sind.«

Es wurde sehr still am anderen Ende. Die Kripoleute erwarteten schon das Klicken, mit dem die Leitung unterbrochen würde. Plötzlich war sie da, Massimos Stimme. Sie klang anders, wie die eines Kindes.

»Mama sieht mich jetzt? Du meinst, die beobachten mich genau in diesem Moment? Oma auch? Sie sind doch ... die dürfen nicht böse mit mir sein. Mama ... ich wollte das nicht, hilf mir doch, bitte!«

Elena wischte sich die ersten Tränen mit dem Mantelärmel fort. Keiner der anwesenden Männer wagte, auch nur ein Wort zu sagen. Eisiges Schweigen überdeckte die Szene. Männer, die der harte Polizeialltag gestählt hatte, hielten die Luft an. Alle stierten nur auf den Lautsprecher, der im Augenblick nur ein Rauschen übertrug.

»Sie können dir nicht mehr helfen, Massimo. Jetzt musst du selbst der Mann sein, den Papa immer in dir sehen wollte und der du tatsächlich auch bist. Zeige den beiden Verbrechern, dass du etwas besitzt, was sie nie hatten ... Charakter und Willensstärke. Glaube an dich und gib das Ganze auf. Die Beamten hier haben mir berichtet, dass noch niemand zu Schaden kam, dass alles noch gut werden kann.«

»Es ist aber was geschehen.«

Prenzel, Knoll und Schilling waren hellwach und starrten auf Elena, die den Hörer sinken ließ. Knoll riss ihr das Telefon aus der Hand und versuchte, seine Frage ruhig zu formulieren.

»Was ist passiert, Massimo? Wurde jemand verletzt? Verdammt sprechen Sie mit mir. Braucht ihr einen Arzt? Los, kommen Sie raus damit!«

Statt einer Antwort drang ein leises Stöhnen durch die Leitung, bevor das Klicken alles beendete. Ratlos blickte Knoll auf den Lautsprecher. Elenas Blick zeigte absolute Leere, Prenzel konnte ihren Sturz vom Stuhl im letzten Moment verhindern.

Wir alle spürten, dass sich da an der Theke etwas Entscheidendes tat. Freddy reichte Massimo das Telefon. Die beiden Kumpane verfolgten konzentriert, was gesprochen wurde. Still hörte dieser Riesenkerl zu, antwortete nur gelegentlich. Als Richard ihm den Hörer aus der Hand nehmen wollte, streckte ihn Massimos Faust einmal mehr auf die Fliesen. Erschrocken fuhr ich zusammen, als Freddy ausholte und mit dem Kolben seiner Waffe Massimos Kopf traf. Hart schlug er auf dem Boden auf, kam neben dem stöhnenden Richard zu liegen. Er rührte sich nicht mehr.

Jeder in unserer Gruppe hielt den Atem an. *Hatten die beiden Verbrecher jetzt den Einzigen komplett außer Gefecht gesetzt, der uns eine Hilfe, eine letzte Hoffnung war?* Wir hielten Doktor Hanisch mit Gewalt zurück, der sofort aufgesprungen war. Freddy legte in aller Ruhe den Hörer auf die Theke und sah auf seinen Kumpel herunter, der zu allem Übel noch einen herben Fußtritt von Richard in die Rippen kassierte, der zwischenzeitlich aus seiner Bewusstlosigkeit erwacht war. Das Blut sickerte über Massimos Gesicht, verteilte sich auf dem Boden. Leider konnten wir nicht verstehen, was sich die beiden Drecskerle zuflüsterten.

Das erneute Klingeln ließ die Beiden zusammenfahren. Unfähig, einen Entschluss zu fassen, starrten sie beide auf das Telefon, das ohne Unterlass auf sich aufmerksam machte. Richard hämmerte mit beiden Fäusten auf den Tresen, sein Gesicht verzerrte sich in seiner unbändigen Wut. Schließlich riss er den Hörer hoch, suchte verzweifelt nach der Ruftaste und schrie hinein.

»Verdammte Kacke, was ist jetzt wieder? Lasst uns in Ruhe.«

Er horchte einen Augenblick, wobei er seine Augen immer wieder schloss.

»Nein, wird er nicht ... der schläft und kann jetzt nicht ... er wird es überleben! Aber jetzt, wo ich einen von euch Wichsern dran habe, kann ich was loswerden. Hast du was zu sagen in dem Bullenhaufen? ... Gut ... dann hör mir genau zu ... Ich will hier irgendwann raus aus diesem Stall. Wir fordern einen Wagen, vollgetankt vor die Tür. Wir geben euch dafür eine Stunde Zeit. Wir werden uns unauffällig mit einer Geisel verpissen. Wenn wir weit genug weg sind und sicher sind, dass wir nicht verfolgt werden, lassen wir die Geisel frei. Wenn ihr uns aber im Nacken sitzt, dann kann ich für nichts garantieren.«

Richard lauschte konzentriert und drängte Freddy zurück, der ihm den Hörer aus der Hand winden wollte.

»Und dann noch was. Wir wollen vorher noch was zu beißen haben. Ich verlange mindestens fünf Essen, am besten Pizza. Die soll uns ein unbewaffneter Beamter vor die Tür legen. Dann soll er sich wieder vom Acker machen. Was? ... Was hast du gesagt? ... Einen Scheiß werden wir tun. Die Geiseln bleiben hier bis wir abgedackelt sind – alle! Und jetzt bewegt euch, ich hab Kohldampf ... die Zeit läuft.«

Wütend knallte er das Telefon auf die Platte. Immer noch blitzten seine Augen, selbst als Freddy ihn am Revers packte und heranzog. Nur Millimeter trennten ihre Gesichter.

»Was glaubst du, was du da getan hast? Du solltest dir nicht so viele Filme in die hohle Birne ziehen. Einen Wagen in einer Stunde, so eine Scheiße. In der Zeit haben die längst einen Peilsender montiert und verfolgen uns bis ans Ende der Welt. Die kriegen uns damit auf jeden Fall. Wir müssen uns was einfallen lassen. Und warum hast du keine Kohle verlangt? Kannst du Hirni mir mal verraten, wovon wir leben sollen? Mit den Kröten hier aus der Kasse kann ich mir nicht mal ne Kinokarte kaufen. Da muss Knete fließen.«

Richard zuckte mit den Schultern und befreite sich vom harten Griff seines Kumpels. Noch einmal trat er wütend nach Massimo, der ein leises Stöhnen von sich gab. Der Drang war übermächtig, dem armen Kerl zu Hilfe zu eilen. Freddy nahm das Telefon in die Hand und drückte zögernd auf eine Taste.

»Knoll, bist du das? Mein Partner hat durch seinen Hunger etwas Wesentliches vergessen. Wir fordern zwei Millionen in kleinen Scheinen ... ja, du hast richtig gehört, zwei Millionen ... was? ... dann gebe ich euch eben zwei Stunden Zeit, um das Geld zu besorgen. Ich muss dir ja wohl nicht erklären, was sonst mit den Geiseln passiert, oder? Ich werde, bevor auch nur eine Geisel freikommt, nachsehen, ob das fortlaufende Nummern sind und ob die Knete markiert wurde. Also keine Tricks.«

Kapitel 22

Hauptkommissar Knoll legte den Hörer auf den Tisch. Seine Augen verfolgten nachdenklich die Sanitäterin, die Elena vorsichtig wegführte. *Wie lange, wie oft noch musste er diese Szenen sehen, in denen Angehörige an ihren Sorgen um ihre Familie zerbrachen? Immer wieder zerriss es ihm das Herz, dieses Leid miterleben zu müssen. Nur die Betroffenen selbst konnten diese Sorgen wirklich beschreiben. Es musste die Hölle sein.* Erst jetzt erinnerte er sich daran, dass Schilling und Prenzel, die beide am Tisch saßen, auf seine Befehle warteten.

Das Prozedere in solchen Fällen war klar. Nun hieß es, Zeit zu schinden, da die Höhe des Lösegeldes verhandelt werden musste. In der Regel konnte die Lösegeldforderung bei einigermaßen Verhandlungsgeschick um mindestens fünfzig Prozent reduziert werden. Außerdem musste Zeit geschunden werden, um die Übergabe und Verfolgung von Geld und Geiselnehmer organisieren zu können.

»Ist das nicht die Beamtin, die auf diesen Richter aufpassen sollte?«

Prenzel stand auf und ging der Polizistin entgegen.

»Was ist los? Geht es dem Herrn Richter nicht gut?«

»Als ich ihn zum letzten Mal sah, ging es ihm gut. Er wollte nur zur Toilette. Er meinte, da drin im Cageball-Center gegenüber wären welche. Das war vor einer halben Stunde. Seitdem suchen wir ihn, er ist nicht wieder herausgekommen und auf den Herren-Toiletten haben die Kollegen schon gesucht.«

Die letzten Worte hatte Kessler mitbekommen, der sich unbemerkt genähert hatte.

»Sie sagten, dass er ins Cageball gegangen ist? Herr Kommissar, da gibt es eine unterirdische Verbindung in mein Center. Man muss nur durch das Fighters Factory, dieses Boxcenter im Keller, dann kommt man im vorderen Café-Bereich bei mir wieder raus. Wenn die Tür im Keller offen ist, könnte der Mann ...«

»Scheiße, Scheiße, Scheiße ... genau das haben wir jetzt noch gebraucht. Dieser Wahnsinnige will hier einen auf Bruce Willis machen. Sie holen mir ein paar Kollegen! In fünf Minuten hier.«

Prenzel zeigte auf die Beamtin und verschwand wieder im Bus.

»Chef, wir haben ein Problem. Ein richtiges Problem.«

»Wie hätten Sie denn das bisherige Dilemma bezeichnet, Prenzel? Wo brennt es denn jetzt wieder?«

Knolls Gesicht überzog eine Blässe, die man nur selten an ihm bemerken konnte. Prenzel beschrieb ihm die Lage genau und deutete an, dass er mit einigen Männern vom SEK folgen würde.

»Nein, nicht Sie, Prenzel. Schilling, Sie übernehmen das. Holt mir den Irren da unverletzt raus. Verdammt, warum wussten wir nichts von diesem Durchgang? Dadurch hätten doch auch die Gangster unbemerkt fliehen können. So eine Scheiße. Herr Kessler, haben wir da noch andere Fluchtmöglichkeiten übersehen?«

Knoll winkte ihn zur ausgebreiteten Karte.

Reiner Richter horchte in sich hinein, fragte seinen Körper, ob er ihm das Unternehmen zumuten konnte. Obwohl er keine Antwort erhielt, straffte er seine Muskeln und atmete mehrmals tief durch. Das folgende Zittern signalisierte ihm deutlich, dass er sich gefährlich nahe einer roten Linie befand, die er besser nicht übertreten sollte. Die Bilder von Rita und Manuela bauten sich vor seinen Augen auf, die Angst in ihren Gesichtern trieben ihn weiter an. Er warf einen Blick in alle Richtungen und suchte die Treppe, die ihn in den Boxbereich führen würden. Absolute Stille hüllte ihn ein. *Hoffentlich ist die Verbindungstür offen.* Der Gedanke begleitete ihn, als er, nach allen Seiten sichernd, Stufe für Stufe nahm. Er wagte es nicht, die Beleuchtung einzuschalten, da sie ihn vielleicht verraten konnte. Schemenhaft tauchten der Boxring und der Sparrings-Bereich vor ihm auf. Den mächtigen Sandsack übersah er in der Dunkelheit, erschrak aber heftig, als er gegen ihn stieß.

Sein Körper sendete klare Signale, dass er ihm etwas zu viel zumutete. Das Zittern verstärkte sich, das rechte Bein gehorchte nicht mehr in gewohnter Weise. Leicht hinkend näherte er sich der stählernen Verbindungstür. Der große Augenblick war gekommen. *Würde sie sich öffnen? Würde er seinen Lieben näherkommen können?* Unter größter Anspannung drückte er den Türgriff nieder. Ein kurzer Ruck – sie schwang ohne jegliches Quietschgeräusch nach innen. Er konnte nicht verhindern, dass ihm die Beine nachgaben und er sich nur durch das Festhalten am Türgriff vor einem heftigen Sturz schützen konnte. Einen Augenblick hielt er den Atem an, lebte mit der Angst, man könnte ihn trotzdem gehört haben. Er kroch durch den Gang, trug die Hoffnung in sich, dass auch die zweite Tür unverschlossen wäre. Die dahinterliegende Treppe würde ihn direkt in den Vorraum des Centers führen.

Als sich die erste Tür hinter ihm schloss, umhüllte ihn totale, beängstigende Dunkelheit. Er hatte sich gemerkt, wo sich die zweite Tür befand, kroch weiter auf sie zu. Seine Finger berührten endlich den kalten Stahl. Er tastete nach oben, suchte den Türgriff, fand ihn. Der Schweiß, der sich zwischenzeitlich auf seiner Stirn gebildet hatte, lief ihm in die Augen, brannte dermaßen, dass er sich mit Tränen vermischte. Er ließ los.

Richter suchte sein Taschentuch, das ihm aber aus den Fingern glitt. Er tastete danach und bekam es schließlich zu fassen. Mit beiden Händen griff er zu und tupfte sich sorgsam die Augen trocken. *Du musst dich konzentrieren, musst ruhig sein. Reiner, sei ein Mann. Du darfst dir jetzt keinen Fehler leisten.* Wieder der Griff um die Türklinke, vorsichtiges Schieben. Richter hatte Mühe, den befreienden Schrei zu unterdrücken, als ein Streifen Licht durch den Türspalt fiel. Er erkannte in kurzer Entfernung die erste Stufe, die ihn hinauf in die Nähe seiner Familie führen würde. *Ich komme, ich helfe euch, einen Augenblick noch.* Die Gedanken jagten durch seinen Kopf, gaben ihm neue Kraft. Erst jetzt wurde ihm bewusst, dass er ohne jeden Plan, ohne jede Waffe losgegangen war. Er würde diesen brutalen Gangstern hilflos gegenüber stehen. Egal, er würde seine Familie niemals im Stich lassen.

Er schob seinen schmerzenden Körper geräuschlos durch den Spalt und legte die Hand auf die erste Stufe. Unter größter Anstrengung zog er sich Stück für Stück in die Höhe, ignorierte das stärker werdende Flackern vor seinen Augen. Der Schmerz durchfuhr ihn mit aller Gewalt. Ein Schmerz, den er befürchtet, den er scheinbar herbeigedacht hatte. Sein Schrei verließ den Mund, bevor er es verhindern konnte. Er presste die Hand, aus der sich die Schmerzen ausbreiteten und bis in das rechte Bein hinein strahlten, gegen den Körper. Die Haut bedeckte sich mit einem Schweißfilm. Die

Umgebung verzerrte sich bis zur Unkenntlichkeit. Die beiden Gestalten, die plötzlich über ihm auftauchten, konnte er nur schemenhaft wahrnehmen. Er hörte das Fluchen wie aus weiter Ferne und spürte lediglich, wie er hochgerissen und fortgetragen wurde. Wie einen Sack ließ man ihn auf den Boden fallen. Neben sich liegend erkannte er durch einen Schleier eine weitere Person, die ihre Augen geschlossen hielt und bei der ein breiter Blutstreifen aus dem Haaransatz lief. Er versuchte, ein deutlicheres Bild zu erhalten, und wischte mit dem Ärmel über die Augen. Diesen Mann mit dem südländischen Aussehen kannte er nicht.

»Reiner, nein ... das ist mein Mann. Lasst mich zu meinem Mann. Er braucht mich. Doktor Hanisch, schnell!«

Ritas Stimme erinnerte Reiner Richter wieder daran, warum er sich dieser Tortur ausgesetzt hatte. Er fühlte die vertrauten Hände, die ihm über das Gesicht strichen. Ihr war nichts geschehen.

»Wo ist Manu? Geht es ihr gut?«

»Aber sicher, Reiner. Hast du denn geglaubt, ich würde zulassen, dass ihr jemand zu nahe kommt? Das hättest du nicht tun dürfen, mein Schatz. Warte, wir helfen dir.«

»Hat ihr Mann des Öfteren diese paroxysmalen Schmerzen? Da scheint die rechte Körperhälfte befallen zu sein. Wenn wir Glück haben, klingt das relativ schnell wieder ab. Er sollte jedoch vorsichtshalber in eine Klinik zur Beobachtung. Ich kann hier nichts für ihn tun.«

»Habt ihr den Doktor gehört? Habt ihr zugehört, Ihr verdammten Schweine? Mein Mann muss in eine Neurologie. Ruft schon an, ihr Idioten!«

Richard schob sich nach vorne, kniete sich neben den Arzt und hob das Augenlid des Kranken an.

»Bist du jetzt völlig durchgeknallt? Spielst du hier den Mediziner? Du hast doch soeben die vierte Klasse der Grundschule gepackt und willst jetzt hier den Allwissenden rauskehren? Mach dich ans Telefonieren. Die 112 wirst du ja wohl noch hinbekommen.«

Die Ohrfeige sah Mama zwar kommen, konnte jedoch nicht mehr verhindern, dass sie auf dem linken Ohr landete. Der Tinnitus setzte augenblicklich ein. Freddy grinste und zuckte mit den Schultern.

»Warum hältst du aber auch nicht einmal dein gottloses Schandmaul?«

Er griff zum Telefon und wählte die Nummer, die er auf dem Display in der Anrufliste sah. Knolls Stimme meldete sich.

»Schick uns einen Krankenwagen rüber. Da ist ein Typ aufgetaucht, der hier zusammengebrochen ist ... nein, zum Teufel, damit haben wir nichts zu tun ... den haben wir nicht angefasst. Also, was ist, kommt jetzt die San-Truppe, oder nicht? Und denk daran, eure Zeit läuft.«

Freddy beendete das Gespräch, bevor Knoll etwas erwidern konnte.

Freddy und Richard fassten Papa an den Armen und zogen ihn über den Boden bis zum Eingang. Mama trommelte wie wild mit ihren Fäusten auf Freddys Rücken.

»Ihr verfluchten Scheißkerle. Das ist ein kranker Mensch, den ihr da wie einen Sack über die Erde schleift. Die Pest und die Cholera sollen euch überfallen. Die Gliedmaßen sollen euch ganz langsam abfaulen, ...«

»Halt jetzt endlich die Fresse, verfluchtes Weib. Dein Kerl ist ja mit dir in eine schöne Scheiße geraten. Hat den denn vorher keiner gewarnt?«

Freddy spürte Papas Hand, die an seiner Hose zerrte. Wenn auch undeutlich, waren die Worte doch zu verstehen.

»Wenn ich wieder aufrecht stehen kann, schlage ich dir die Zähne aus. Lass meine Frau in Ruhe. Sie ist das Beste, was einem Mann auf dieser Welt passieren kann. Fass sie nie wieder an, du Lump.«

»Oho, da regt sich ja noch etwas in unserem Helden. Wir lassen noch was übrig von ihr, nur keine Aufregung. Aber sag der besser, dass sie ihr loses Maul halten soll, sonst kriegst du sie in Einzelteilen zurück. Ich überlege schon, ob ich ihr die Zunge rausschneiden soll. Du kannst mir später dafür danken.«

Das energische Klopfen an der Glastür unterbrach diese unfruchtbare Unterhaltung. Schemenhaft waren die roten Jacken der Sanitäter durch die Milchglasscheibe zu erkennen. Freddy umfasste seine Waffe fester und gab Richard ein Zeichen, dass er sich seitlich verstecken sollte. Vorsichtig öffnete er die Tür und blickte durch den Türspalt. Der Mann, auf dessen Weste Notarzt stand, drückte die Tür energisch weiter auf. Sein Blick blieb an Papa hängen, der mit geschlossenen Augen am Boden lag. Er stellte ihm einige Fragen, ohne auf das ständige Zupfen an seiner Jacke zu reagieren.

»Lassen Sie das, verdammt noch mal, der Mann muss sofort hier raus. Ich nehme den jetzt mit, ob Ihnen das passt oder nicht. Was ist denn mit dem Mann da vorne? Der blutet am Kopf.«

Der Arzt blickte in diesem Augenblick in die Mündung einer Pistole. Langsam erhob er sich und spürte den Lauf der Waffe plötzlich an seiner Stirn.

»Der bleibt hier. Der hat nur Kopfschmerzen, sonst geht es dem gut. Schnapp dir den Spinner da und dann verpisst euch wieder.«

Richard verstärkte den Druck seiner Waffe. Hinter ihm hörte er die Stimme von Doktor Hanisch, der sich nach vorne gedrängt hatte.

»Lassen Sie mir nur ein wenig Verbandszeug da, Herr Kollege, ich kümmer mich um den Verletzten. Vielleicht noch was zur Versorgung der Platzwunde.

Aber danke für ihren Einsatz. Ich denke mal, dass die Herren ungern einen ihrer Kameraden ausliefern.«

Hanisch hoffte, den Kollegen aus der Notfallambulanz davon überzeugt zu haben, dass sein Bemühen wenig Hoffnung auf Erfolg zuließ. Der nickte ihm schließlich zu und schickte den Sani los, ihm Verbandszeug aus dem Fahrzeug zu besorgen. Richard riss erschrocken die Waffe hoch, als ein weiterer Sani vor der Tür auftauchte, der eine Trage hinein rollte.

»Ruhig, junger Mann, ruhig. Wir müssen den Mann ja irgendwie transportieren. Nehmen Sie jetzt mal das Teil da weg und lassen uns unsere Arbeit machen.«

Gemeinsam hoben die beiden Männer Papa auf die Trage. Als der Sani sich anschickte, die Trage nach draußen zu schieben, hielt Mama ihn am Arm zurück.

»Reiner, alles wird gut. Ich passe auf Manu auf, ihr wird nichts passieren. Das verspreche ich dir. Wir sind bald wieder bei dir. Herr Doktor, wohin bringen Sie meinen Mann?«

An seiner Stelle rief ihr der Sani zu, dass sie das Prosper-Hospital anfahren würden. Richard drängte Mama zurück und verfolgte den Krankenabtransport, bevor er die Tür wieder verschloss. Ein Blick über die Straße ließ ihn in gebührendem Abstand Polizisten erkennen, die nur auf ihren Einsatzbefehl warteten.

»So, du Marktweib, jetzt verzieh dich wieder zu den Anderen und halt mal für einen Augenblick deine Fresse! Wir müssen was besprechen.«

Durch das Getuschel der Geiseln drang immer wieder ein leises Stöhnen. Doktor Hanisch untersuchte die Platzwunde an Massimos Hinterkopf. Als er die Stelle anrasierte und die Nadel mit Faden in die Hand nahm, musste ich den Blick abwenden. Mein Magen rebellierte.

Kapitel 23

Sorgenvoll betrachtete ich die Uhr, die mahnend an der Wand hing und deren Zeiger unbarmherzig auf die Geisterstunde vorrückten. Unser Bananen- und Apfelvorrat neigte sich dem Ende zu. Man hätte es als moderne Folter bezeichnen können, dass die beiden Gangster in aller Ruhe an den Pizzaecken kauten, die zwischenzeitlich ein Kurier vor die Eingangstür deponiert hatte. Drei der fünf gelieferten Kartons standen unberührt auf dem Tresen, da der einstige Hauptabnehmer durch den Niederschlag außer Gefecht gesetzt worden war. In aller Stille berieten wir in der Gruppe, wie wir durch geeignete Maßnahmen in den Besitz der heißbegehrten Mafiatorten kommen könnten. Niemand der eingefleischten Veganer (wie widersinnig!) war bereit, darauf zu verzichten. Die Hoffnung bestand ja schließlich, dass es sich nicht unbedingt um eine Gyros-Pizza handelte. Ich war davon überzeugt, dass alle in dieser Situation das Risiko eingegangen wären, ihrem Körper diese verteufelten Hormone und

Glutamate zuzuführen. Nur noch wenige Stunden, und sie hätten jubelnd ihr geliebtes Zwergkaninchen über offenem Feuer gegrillt. Es hätte sich nur noch die Frage gestellt, welche Barbecue-Soße man dazu reicht.

Wir konnten erreichen, dass Massimo in unsere Obhut gegeben wurde. Doktor Hanisch bemühte sich rührend um diesen Mann, der mehrfach seine Gesundheit für uns riskiert hatte. Die Kopfwunde hatte er meisterlich mit dem Material genäht, das ihm der Notarzt überlassen hatte. Stirn und Haare verdeckte jetzt ein weißer Verband. Ich hatte mich angeboten, Massimo zu versorgen, während die Restgruppe versuchen sollte, an den Proviant zu gelangen. Kein leichtes Unterfangen. Mit Sorge registrierte ich, dass es wieder Mama war, die in vorderster Front für das hungernde Volk kämpfte und das Messer wetzte. Wenn diese Geschichte ein gutes Ende finden würde, lief sie Gefahr, als furchtlose *Robine Hood* in die Analen des Centers einzugehen.

»He, ihr da! Ist es möglich, dass eure Kauwerkzeuge mal eine kurze Pause einlegen und ihr uns etwas Aufmerksamkeit schenkt?«

Freddy und Richard drehten sich gleichzeitig um und sahen Mama fragend an. Die Verärgerung über die erneute Störung stand in ihren Augen. Freddy drückte das Thunfischstückchen, das noch auf seiner Unterlippe lauerte, endgültig in den übervollen Mund. Lediglich ein Lippenleser hätte dieses mögliche *Was ist denn jetzt schon wieder* mit viel Fantasie übersetzen können. Mindestens zweihundert Gramm Lebensmittel, die schon die Mundhöhle füllten, verhinderten eine klare Aussprache.

»Wie ich das so am Rande mitbekommen habe, erwartete ihr vom Staat eine nette Lösegeldsumme. Dafür habt ihr die Freilassung der meisten Geiseln versprochen. Das habe ich doch richtig verstanden, oder?«

Immer noch kauend, blickten die Beiden wortlos in Mamas Richtung. Auch ich wusste nicht auf Anhieb, worauf sie hinaus wollte.

»Also, ja. Dann wäre es doch sinnig, wenn ihr versuchen würdet, das Pfandgut auch am Leben zu erhalten. Ihr seid auf dem besten Weg, dass euch die Geiseln unter den Fingern wegsterben. Ihr müsst nicht so dämlich gucken. Das ist ganz einfach zu verstehen. Die ersten von uns haben schon Schwindelgefühle, da sie unbedingt Kohlenhydrate benötigen oder unterzuckern. Der Körper schaltet bei Einigen in Kürze die Funktionen einzelner Organe ab, um Kraft zu sparen. Und jetzt die Übersetzung für euch Schlaumeier: Wir haben Hunger und wollen auch was von der Pizza!«

Leiser Applaus begleitete Mamas Appell an die Geiselnehmer, die irritiert auf den Stapel Pizzakartons sahen. Mit einer knappen Handbewegung deutete Freddy an, dass wir uns bedienen sollten. Sein angeborenes Misstrauen ließ ihn nach seiner Waffe greifen, die er warnend in der Hand wog. Erst als wir begannen, die Pizzaecken unter uns aufzuteilen, entspannte er sich und griff erneut in seinen Karton.

Massimo wirkte immer noch benommen, sein Kopf lag in meinem Schoß. Seine Augen hielt er geschlossen. Inständig hoffte ich, dass es sich bei seiner Verletzung nur um ein leichtes Schädel-Hirn-Trauma handelte, also einer Gehirnerschütterung. Die würde nach wenigen Tagen wieder abklingen und folgenlos für ihn bleiben. Einen so großen Mann derart hilflos und schwächelnd zu sehen, berührte mich, obwohl ich allen Grund haben könnte, ihn zu verfluchen. Schließlich hatte sich dieser Mann freiwillig an einer Straftat beteiligen wollen. Immer wieder glitt mein Blick rüber zu Miriam, die völlig apathisch in Ansgars Armen lag und zur Decke sah. *Was wäre wohl noch passiert, hätte Massimo nicht eingegriffen?*

Während sich die Bilder in der Dusche wieder vor meinen Augen aufbauten, strich meine Hand über das schwarzgelockte Haar des Mannes, der zwar etwas rustikal und gewöhnungsbedürftig, aber dennoch heldenhaft das Schlimmste verhindert hatte. Für diese Tat sollte Richard in der Hölle schmoren. Ich konnte nicht verhindern, dass sich tiefer Hass gegen den Mann aufbaute, der es gewagt hatte, ein hilfloses Mädchen zu vergewaltigen. Massimo hätte ihm das Glied sofort abreißen sollen, als er ihn in der Toilette daran herauszog.

Es war nur ein Gefühl, das mir sagte, dass Massimo mich beobachtete. Seinen Blick spürte ich intuitiv, der mich abzutasten schien. Seine Pupillen wirkten zwar etwas müde, aber ansonsten klar. In ihnen stand eine Frage, die sein Mund schließlich aussprach.

»Warum tust du das für mich? Ich habe doch ...«

»Pssst. Nicht reden, du musst dich schonen.« Meine Hand legte sich über seinen Mund. »Warum ich das tue? Eigentlich ist die Frage recht einfach zu beantworten. Weil du verletzt bist und Hilfe benötigt hast. Macht man das nicht normalerweise so? Wenn ein Mensch Hilfe benötigt, gibt man sie ihm, so habe ich es von meinen Eltern gelernt. Du hättest das Gleiche für mich getan, davon bin ich mittlerweile überzeugt.«

Ungläubig starrte er mich an. Er hielt meine Hand fest, die noch immer über sein Haar fuhr. Doktor Hanisch, der nur wenige Schritte entfernt ebenfalls auf dem Boden saß und uns beobachtete, lächelte. Er drückte beide Augen zu und schien mir damit anzudeuten, dass ich weitermachen sollte.

»Ich glaube nicht, dass es jeder tun würde. Da habe ich ganz Anderes erlebt. In dieser Welt gilt nur das Gesetz des Stärkeren, die Schwachen werden niedergetrampelt. Ich bin selbst so oft getreten worden. Ich habe mir irgendwann geschworen, dass damit Schluss sein muss, dass ich zurücktreten werde. Jetzt, wo du meine Freunde kennengelernt hast, verstehst du vielleicht, was ich damit meine.«

»Natürlich kann ich das verstehen. Doch bis vor ein paar Stunden blieb mir das erspart. Aber warum, zum Teufel, nennst du diese Männer da Freunde? Wie kann man mit solchen Verbrechern befreundet sein? Das verstehe ich nicht. Die haben keine Seele mehr. Irgendwann haben sie die an den Satan verkauft. Das sind keine Freunde. Mit viel gutem Willen kann man die als Kumpane bezeichnen. Die gehen über Leichen, wenn es zu ihrem Vorteil ist. Die sind einfach widerlich.«

Massimo spannte den Körper an, wollte etwas erwidern. Sein Mund blieb jedoch verschlossen. Ich spürte diesen Trotz, der aus ihm heraus wollte. Doch er wollte mich nicht damit verletzen.

»Was bindet dich an diese Verbrecher? Warum bist du mit denen zusammen und nicht mit anständigen Menschen?«

»Anständig? Du sprichst von anständigen Menschen? Ich kenne diese anständigen Menschen, das kannst du mir glauben. Sie sagen mir immer wieder, was ich zu tun habe, wie ich leben muss, um in der Gesellschaft aufgenommen zu werden. Sie wollen mir vorschreiben, wie ich zu denken habe. Ich bin für sie aus einer anderen Welt in ihre eingedrungen, will sie beklauen. Sie sagen mir, dass ich ihnen den Job stehle. Und weißt du, was mich daran am meisten stört? Sie sind es, die keinen Job annehmen, die nur auf Kosten ihres Staates leben. Ich bin ein verdammter Ausländer für sie, ein Schmarotzer.«

»Aber deshalb musst du dich doch nicht mit diesen Dreckskerlen zusammentun, die ...«

»Wie heißt du eigentlich? Ich weiß gar nicht ...«

»Mein Name ist Manuela, alle nenen mich Manu.«

»Schön, Manu. Du machst mir den Vorwurf, dass ich mich mit diesen Verbrechern verbrüdern würde. Ich kann deine Zweifel verstehen. Doch verstehe mich auch. Tausend Mal habe ich versucht, einen dauerhaften Job zu bekommen. Ich wollte nie auf Kosten anderer leben. Immer wieder wurde ich rausgeworfen, wenn die staatlichen Zuschüsse ausliefen. Dann musste ich wieder zum Amt, ich musste warten und wieder warten. Ich will, ich kann nicht mehr auf ein Wunder hoffen. Diese Männer da haben mir gezeigt, wie die Welt tickt. Sie wissen, dass man sich das große Geld nur mit Gewalt holen kann.«

Allmählich machte mich das Gespräch wütend. *War es denn wirklich möglich, dass das Böse als einzige Alternative zum normalen, friedlichen Zusammenleben gesehen werden kann? Wie viel Ablehnung musste dieser Mann erlebt haben, dass er die Hölle, in der sich diese Typen bewegten, als einzigen Ausweg sieht?* Ich atmete ruhig durch und suchte die Augen des Verletzten. Mit einer Ablenkung versuchte ich, wieder die Emotionen zurückzudrängen.

»Lebst du alleine, Massimo? Woher kommst du?«

»Ich wohne bei meiner Schwester, bei Elena. Mama und Papa sind schon vor vielen Jahren bei einem

Unfall ... da habe ich bei der Oma gelebt. Aber auch sie ist vor wenigen Jahren gestorben. Da hat Elena gesagt, dass ich zu ihr nach Recklinghausen ziehen kann. Wir hatten es gut zuhause, damals. Wir wohnten in einem Dorf in der Nähe von Bologna ...«

Ich ließ ihn erzählen von seinem kleinen Dorf, erfuhr, dass sie einmal im Jahr mit der gesamten Familie nach Bologna fuhren. Es ging dann hinauf auf den Guardiahügel, durch die vier Kilometer langen Arkaden in die Wallfahrtskirche, der Santuario della Madonna di San Luca. Stolz berichtete er davon, dass Bologna die Heimat der berühmten Tortellini wäre und der Legende nach den Nabel der Liebesgöttin Venus nachbilden sollen. Selbst Mortadella gehörte zu den Spezialitäten dieser geschichtsträchtigen Stadt. Alles hörte sich für mich so an, als hätte dieser schreckliche Autounfall eine wunderbare Familie auseinandergerissen. Das Schicksal konnte grausam sein. Es machte Massimo nichts aus, von seinen Ängsten zu erzählen, die er bei jedem Einschlafen durchlitt. Immer wieder sah er die Bilder eines Unfalls, der ihm das Liebste auf dieser Erde von der Seite riss. Großmutter reichte ihm dann seine mit Milch und Honig gefüllte Tasse. Während er im Bett sitzend den Abendtrunk zu sich nahm, erzählte sie ihm von wunderlichen Geschehnissen, die sich in den höheren Lagen der Emilia Romana zugetragen haben sollen. Wenn ihm die Augen dann langsam zufielen, summte sie ihm stets eine aus Deutschland stammende Melodie vor, die ihr aus dem Radio bekannt war und die Liebe zur Großmutter besang. Mit dem Tod der Oma starb jedoch nicht dieses Lied.

»Es ist so schön, wenn ich dir zuhören darf. Es zeigt mir, dass du etwas mitbekommen hast, was deine angeblichen Freunde wohl nie kennenlernten, Anstand und intaktes Familienleben.

Ich habe mitbekommen, dass du wohl vorhin mit deiner Schwester Elena gesprochen hast, bevor die Mistkerle ... Wenn du dich schon selbst aufgegeben hast, ist es aber ein großer Fehler, dich gegenüber diesen Männern verpflichtet zu fühlen. Aber du bist einem Menschen gegenüber tatsächlich etwas schuldig, deiner Schwester. Ändere dein Leben doch wenigstens für sie. Sie hat es verdient, einen starken Bruder an ihrer Seite zu wissen. Du musst das verteidigen, was dir deine Eltern vor ihrem Tod mitgegeben haben. Auch ihnen bist du es schuldig, ein anständiges Leben zu führen. Diesen Dreckskerlen da bist du nichts schuldig, gar nichts. Sie benutzen dich nur.«

»Du bist noch so jung, Manu, und doch so gescheit. Ich wollte, ich könnte auch so schlaue Dinge sagen. Du hast eine großartige Mama. Das ist doch deine Mama, die sich für alle einsetzt, oder? Ach hätte ich auch noch ...«

Massimos Augen waren jetzt geschlossen. Seine Hand presste sich fest um meine. Es schmerzte, aber ich ließ es zu.

Kapitel 24

Völlig in Gedanken versunken, fuhr Hauptkommissar Knoll beim ersten Ton des Telefons hoch. Sein Blick fiel auf das Display, das die Nummer der Zentrale anzeigte.

»Habt ihr die Peil-Geräte angebracht? Wo bleibt der Wagen? Die werde ich nicht mehr allzu lange hinhalten können.«

»Wir arbeiten dran, Herr Knoll. Aber da habe ich jemanden in der Leitung, der angibt, dass er uns einen wichtigen Hinweis geben kann. Darf ich durchstellen?«

Knoll überlegte, was jetzt, wo sie kurz vor dem Abschluss standen, noch für sie wichtig sein konnte. Resigniert straffte er die Schultern.

»Stellen Sie durch.«

Nur ein schwaches Rauschen und das Atmen eines Menschen waren zu vernehmen.

»Wer ist denn in der Leitung? Hallo. Ich höre Sie atmen, sprechen Sie bitte. Wer ist denn dort?«

»Oh, Entschuldigung, ich wusste nicht, dass die Verbindung zu Ihnen bereits steht. Mein Name ist bei dem, was ich Ihnen sagen möchte, nicht von Belang. Ich rufe im Namen vieler Bürger an, die sehr besorgt sind über das, was derzeit in ihrer ruhigen und friedlichen Stadt passiert. Wir haben uns schon vor Monaten zusammengeschlossen, um dem unsäglichen Treiben kriminell ausgerichteter Untermenschen Einhalt zu gebieten. Diese Individuen terrorisieren die Menschen, die dieses Land aufgebaut und zu dem gemacht haben, was es so wertvoll und lebenswert macht. Wir würden es jederzeit begrüßen, wenn Sie als verantwortlicher Einsatzleiter dafür Sorge tragen, dass dieser Unrat auf der Stelle exekutiert wird. Wir ...«

Knoll nahm das Telefon vom Ohr und sah ungläubig darauf. Immer weiter klangen die mit ruhiger Stimme vorgetragenen Hass-Parolen aus dem Hörer. Gewohnheitsgemäß hatte er die Tonaufnahme gestartet, die auch über die angeschlossenen Lautsprecher durch den Bus klang. Schilling, der seine Vorbereitungen und Besprechungen abgeschlossen hatte, blieb schockiert vor dem Wagen stehen und lauschte ebenfalls dem Vortrag.

»... und bitte verwechseln Sie uns nicht mit einer rechtspopulistischen Partei von Proletariern, die wie Marionetten von fehlgeleiteten Neonazis geleitet wird. Wir sind eine seriöse Bürgerbewegung, bestehend aus Gewerbetreibenden und Intellektuellen. Wir verfolgen das Anliegen, dieses Land wieder unter die Herrschaft von Recht und Gesetz ...«

»Schluss jetzt damit. Sind Sie denn völlig von Sinnen? Abgesehen davon, dass Sie mit ihrem sinnfreien Anruf eine wichtige Leitung blockieren, fordern Sie mich als Staatsdiener dazu auf, Menschen ohne jegliche gesetzliche Grundlage – wie nannten Sie das? – zu exekutieren. Sie geben sich aus als Vertreter gesetzestreuer Bürger und erwarten vom Staat, dass er einem Aufruf zum Lynchmord folgt? Jeden Anderen würde ich jetzt fragen, ob er zu viel getrunken hat. Bei Ihnen habe ich das Gefühl, dass Sie völlig nüchtern in Ihrem Wohnzimmer sitzen und von Männern umgeben sind, die sich weiße Hauben über den hohlen Kopf gestülpt haben. Ist ihr großes Hass-Vorbild David Duke wieder aus den USA eingereist und hat Sie infiziert. Verdammt, ich werde Ihnen den Staatsschutz auf den Hals schicken.

Wir haben in Deutschland schon genug Probleme mit Rechtsradikalen, die davon überzeugt sind, dass Ausländer und Flüchtlinge unser Land besetzen, ihnen die Arbeitsplätze rauben und unsere Frauen vergewaltigen. Was wir als Letztes benötigen, ist eine neue Ku-Klux-Klan-Bewegung, die eine weitere rassistische Agitation betreibt. Sie werden noch von uns hören. Und jetzt lassen Sie uns unsere Arbeit machen, damit die Sache hier unblutig beendet werden kann.«

Wütend knallte Knoll das Telefon auf den Tisch.

»Was war das denn? Ich glaube das einfach nicht.«

Schilling saß dem Hauptkommissar gegenüber, beide starrten immer noch schockiert auf das Mobiltelefon. Knoll fasste sich zuerst.

»Ach, darum kümmere ich mich später. Ich bin mir mittlerweile nur nicht mehr so sicher, was gefährlicher einzuschätzen ist. Sind es die Rechten, die sich offen zu ihrer Gesinnung bekennen, die wir auch klar erkennen und beobachten können? Oder sind es diese im Geheimen operierenden, oft hochintelligenten Normalbürger, die sich hinter der Maske des Biedermanns verstecken und aus der Anonymität heraus ihre gefährliche Hetze betreiben? Als wenn wir nicht schon genug Probleme hätten. Wie weit sind Sie?«

»Die warten nur noch auf Ihren Einsatzbefehl. Ich habe fünf Zivilfahrzeuge in Bereitschaft stehen. Sie können sich untereinander in der Verfolgung ablösen. Das SEK verbleibt hier vor Ort, falls Unvorhersehbares geschehen sollte. Ich habe ein mieses Gefühl wegen der Menschen auf der Straße. Da haben sich mittlerweile ein paar Hitzköpfe untergemischt, die Stimmung machen. Die Familienangehörigen sind da leicht beeinflussbar. Die hetzen gegen Zuwanderer, seitdem die Medien berichtet haben, dass da auch ein Ausländer an der Geiselnahme beteiligt ist. Sie wollten doch noch das Lösegeld aushandeln, Herr Knoll.«

»Ich weiß, ich weiß. Ich bin immer noch gedanklich bei diesem verfluchten Anrufer. Es wird mich noch eine Weile verfolgen, dass wir in diesem Land wieder einen fruchtbaren Boden schaffen für diese Rassisten. Reichen Sie mir mal das Telefon rüber?«

»Hier ist noch einmal Knoll. Hören Sie, ich habe eine gute und eine weniger gute Nachricht. Erst die Gute. Das Fahrzeug wird in etwa einer Stunde vor der Tür stehen.«

»Das ist Kacke, was Sie da erzählen. Das Auto sollte in einer halben Stunde vollgetankt vorgefahren sein. Ich glaube, Sie nehmen mich nicht ernst genug und wollen Zeit schinden. Dann werden es eben weniger Geiseln sein, die den Sonnenaufgang sehen werden.«

»Hören Sie damit auf, ständig mit der Ermordung von Geiseln zu drohen. Bisher hatten Sie keinen Grund, an unserem Wort zu zweifeln. Das geht nun mal nicht so flott und unbürokratisch, wie Sie sich das vorstellen. Wir sind eine deutsche Behörde. Und damit komme ich zur schlechten Nachricht. Sie fordern zwei Millionen in kleinen Scheinen. Das ist unmöglich. Erstens hat der Staatsanwalt nur Zeichnungsbefugnis bis zu einer Million, zweitens können wir in der kurzen Zeit nicht so viele kleine Banknoten auftreiben. Haben Sie mal auf die Uhr gesehen? Die Banken sind seit vielen Stunden geschlossen. Mit viel gutem Willen können wir eine halbe Million zusammenbringen. Andernfalls müssten Sie bis zum nächsten Vormittag warten. Ich habe alles versucht. Ich kann Ihnen aber nur diese Summe garantieren. Was ist jetzt? Eine halbe Million cash oder Warten?«

Beängstigende Stille am anderen Ende. Knoll wusste, dass es eine gefährliche und unberechenbare Situation war, in der sie sich befanden. Es konnte im schlimmsten Fall zu einer Kurzschlussreaktion bei den Geiselnehmern kommen. In den meisten Fällen wollten die Gangster aber ein Ende herbeiführen und flüchten. Die Zeit ins Spiel zu bringen, war ihre einzige Chance im Augenblick. Prenzel hatte sich in der Zwischenzeit neben Schilling gesetzt. Beide starrten gebannt auf ihren Chef. Im Hintergrund zeigte aufgeregtes Getuschel, dass hektisch diskutiert wurde, ohne dass auch nur ein Wort zu verstehen war.

»Eine halbe Million, aber in einer halben Stunde. Außerdem nehmen wir zwei Geiseln mit. Wir lassen in Abständen jeweils eine frei, sobald wir sicher sein können, dass wir nicht verfolgt werden. Kein Polizeiwagen, kein Hubschrauber. Wenn doch, wird das kein gutes Ende für die Geiseln nehmen. Ist das klar?«

Knoll war die Erleichterung anzusehen, als er diese Nachricht hörte. Prenzel machte wie ein übermütiger Junge die Becker-Faust. Schilling blieb ohne jede Regung sitzen und wartete auf weitere Anweisungen. Er wusste, dass sie erst jetzt in die heiße Phase eintraten und noch nichts gewonnen war.

Kapitel 25

Eng presste sich Miriam an Ansgar, der stumm seinen Arm um sie gelegt hatte. Sie hatte bisher jegliches Essen verweigert, lediglich einige Schlucke Wasser ließ sie zu. Ihr Körper zeigte ein beständiges Zittern, das hier und da von einem heftigen Zucken unterbrochen wurde. Immer dann, wenn sie ihn mit aufgerissenen Augen anstarrte, strich ihr Ansgar über das Haar, flüsterte ihr beruhigende Worte zu. Als sie die ersten Worte seit ihrer Schändung sprach, erschrak Ansgar.

»Ich schäme mich so. Wie soll es nun weitergehen, Ansgar?«

»Wie meinst du das? Für mich hat das, was geschehen ist, nichts an meinen Gefühlen für dich geändert. Hier wissen es sowieso jetzt alle, wir müssen nur noch deinen Eltern klar machen, dass wir zusammengehören.«

Sie öffnete die Augen vollends und legte einen Finger auf seinen Mund. Während sie weitersprach, strich sie über seine Wange.

»Da haben wir schon das erste Problem. Du weißt doch, dass ich versprochen bin. Ich erfuhr davon auch erst vor einem Jahr. Ein weitaus größeres Problem ist, dass ich nicht mehr unberührt bin. Wenn mein Vater und vor allem meine Brüder davon erfahren, dass ich keine Jungfrau mehr bin, dann werden sie mich bestrafen, mich verstoßen. Meine Familie würde das nicht ungesühnt lassen.«

»Aber das war doch kein Vorsatz, du bist vergewaltigt worden. Ich werde es deiner Familie erklären.«

»Das wird die Tatsache nicht ungeschehen machen, dass ich nicht mehr rein bin. Der türkische Mann, dem ich versprochen wurde, hat das Recht darauf, eine Jungfrau zu bekommen. Ich habe über meine Familie Schande gebracht. Dass ich vergewaltigt wurde, darf nie bekannt werden, Ansgar. Auch die Polizei muss das verschweigen.«

Die Tränen liefen Miriam über das Gesicht. Ansgar tupfte sie ihr liebevoll von den Wangen. Das Gespräch zwischen den Beiden wurde zwar flüsternd geführt, mir war jedoch nicht entgangen, dass Miriam weinte. Auch Mama sah besorgt zu Miriam rüber, rückte schließlich an ihre Seite.

»Geht es dir nicht gut, Kleines? Hast du Schmerzen? Es wird bestimmt nicht mehr lange dauern, bis wir freikommen. Dann kannst du dich im Krankenhaus untersuchen lassen. Oder gibt es etwa ein anderes Problem? Geht es um deine Familie?«

Erstaunte Blicke trafen Mama, da Miriam nicht damit gerechnet hatte, dass sich ein Außenstehender mit muslimischen Gebräuchen auskannte.

»Jetzt sieh mich nicht so entsetzt an. Ich habe einige türkischstämmige Frauen im Bekanntenkreis und weiß, was es bedeutet, wenn ein Mädchen vor ihrer Ehe die Unschuld verliert. Das ist es doch, was dich belastet, oder? Ansgar, kannst du uns einen Augenblick allein lassen, so unter Frauen ...«

»Das ist nicht nötig, Ansgar weiß Bescheid. Er darf alles hören.«

Immer noch etwas schockiert, nickte Miriam. Ansgar presste sie fest an seine Brust.

»Miriam, hör mir zu«, begann Mama, »wir kriegen das hin. Vertrau mir. Die Tochter einer Freundin hatte ein ähnliches Problem, da sie bei einer Party K.-o.-Tropfen erhielt und vergewaltigt wurde. Es gibt da einen Verein, der sich dieser Mädchen und Frauen annimmt. Wenn du es möchtest, wird dir eine Ärztin helfen. Niemand wird danach merken, dass du nicht mehr unschuldig bist. Wenn du das Geld dafür nicht aufbringen kannst, helfen wir dir. Deine Familie muss davon nichts erfahren. Das darfst du allein für dich entscheiden.«

Erst Tage später erfuhr ich, warum Miriam in dieser Nacht meiner Mutter um den Hals gefallen war. Damit war allerdings noch lange nicht das Problem vom Tisch, dass Miriam einem Anderen versprochen war.

Mit dieser Sorge leben die Beiden noch heute und schieben es aus Angst vor der Reaktion innerhalb der streng muslimischen Familie immer wieder hinaus.

Mir war nicht aufgefallen, dass auch Massimo die weinende Miriam intensiv beobachtete. In ihm baute sich eine innere Wut auf, die er kaum noch beherrschen konnte. Die Worte und sein Bemühen, sich aufzurichten, holten mich zurück in die Wirklichkeit.

»Ich werde diesem Richard den verdammten Hals umdrehen. Er soll das keiner weiteren Frau mehr antun dürfen. Hilf mir auf, Manu. Damit muss jetzt Schluss sein. Sieh dir dieses arme Mädchen an. Kannst du spüren, wie sie unter dieser schlimmen Tat leidet? Ich bring den Kerl um!«

»Das wirst du nicht tun, Massimo. Du bleibst genau hier liegen. Ich lass dich nicht weg. Dieser Dreckskerl wird bald seine gerechte Strafe erhalten, oder glaubst du, dass er damit durchkommt? Die Polizei wird ihn sich schnappen und vor ein Gericht zerren. Der Überfall ist die eine Sache, aber die Vergewaltigung wird ihn für viele Jahre hinter Gitter bringen. Die sollten ihn einsperren und den Schlüssel wegwerfen. Du darfst dir an diesem Kerl nicht die Hände schmutzig machen. Wenn du dich an ihm vergreifst, dann machst du dich ebenfalls schuldig und wirst lange weggesperrt. Und ich werde es auf keinen Fall zulassen, dass er dich niederschießt. Wir warten ab, Massimo. Das ist mein letztes Wort!«

Die fast schwarzen Augen, halb verdeckt vom Kopf-verband, blinzelten mich ungläubig an. Langsam ent-spannte sich sein Körper wieder, den er schon halb aufgerichtet hatte.

»Du bist ja noch härter als meine Schwester Elena. Hast du italienisches Blut in den Adern?«

Für einen Augenblick stahl sich ein Lächeln auf mein Gesicht. Dieser Riesenkerl ordnete sich wirklich meinen Anordnungen unter, meine Worte hinterließen bei ihm Eindruck. Mama würde stolz auf mich sein.

»Apropos Elena. Hast du einmal an sie gedacht? Wenn du für viele Jahre im Knast sitzt, wird sie darunter zu leiden haben. Sie braucht dich jetzt, du darfst sie nicht enttäuschen. Und mach dir nicht zu starke Sorgen wegen dieses Überfalls. Ich denke, dass alle hier ein gutes Wort für dich einlegen werden. Wenn du nicht gewesen wärst, weiß ich nicht, ob wir bis hierhin so ungeschoren davongekommen wären – von Miriam mal ganz abgesehen. Aber selbst da hast du ja das Schlimmste verhindern können. Der Penis soll dem Schweinehund abfaulen!«

Ich spürte Massimos entsetzten Blick.

»Oh Entschuldigung. Aber da siehst du mal, was schlechter Umgang bereits in kürzester Zeit mit uns anrichten kann. Ich habe mir schon diesen Gangster-Jargon angewöhnt. Übrigens bin ich davon überzeugt, dass du hier immer Hilfe finden wirst, wenn du das alles hinter dir hast.«

Freddy und Richard hatten die leeren Pizzakartons zwischen die Sportgeräte auf den Boden geschleudert und steckten die Köpfe zusammen. Immer wieder richteten sie ihren Blick abwechselnd auf die Uhr und auf unsere Gruppe. Es war offensichtlich, dass sie etwas ausheckten, und dass wir in ihrem Spiel eine Rolle übernehmen würden. Freddy kam schließlich in unseren Raum. Jegliche Gespräche verstummten auf einen Schlag. Ale sahen auf den Mann, der demonstrativ seine Waffe in den Gürtel gesteckt hatte.

»Du und du, ihr kommt mit.«

Seine ausgestreckte Hand zeigte auf Katja Reinders und mich. Katja zuckte wie unter einem Peitschehieb zusammen und zog sich bis an die Rückwand des Raumes zurück. Ihr Blick irrte über die restlichen Geiseln, als erhoffte sie sich Hilfe. Die kam prompt in Form – natürlich – meiner Mutter.

»Was soll das Theater jetzt wieder? Sucht ihr euch für eure Spielchen wieder die Schwächsten aus? Meine Tochter wird nirgendwo hingehen, auch dieses brave Mädel nicht.«

Demonstrativ stellte sie sich direkt vor Freddy und stemmte ihre Fäuste in die Seite. Angewidert schob er Mama beiseite, drückte sie auf einen Stuhl. Gerade weil ich wusste, wie schwer ihr das fallen musste, staunte ich nicht schlecht, als sie wie von einer Feder abgeschossen, wieder hochschnellte. Bevor sich Freddy an die anderen Gäste wenden konnte, stand

Mama wieder vor ihm und sah ihm furchtlos ins Gesicht.

»Da wird nichts draus, mein Freund. Glaubst du wirklich, dass mich deine Knarre beeindruckt? Du träumst, wenn du glaubst, dass ich euch mein Kind kampflos überlasse. Erst musst du mich umlegen, vorher mache ich den Weg nicht frei. Aber dazu hast du nicht die nötigen Eier.«

Freddy wirkte einen Augenblick sichtlich schockiert. Er winkte Richards Bemerkung, er möge die dumme Kuh in die ewigen Jagdgründe schicken, mit einer Handbewegung weg. Ein zynisches Grinsen zeigte sich plötzlich. Der Schlag mit dem Handrücken kam so plötzlich, dass Mama keine Zeit hatte, ihr Gesicht zu schützen. Erneut traf sie die harte Hand auf die Lippen, die sofort wieder aufplatzten. Sie stolperte rückwärts über etliche Stühle, riss Klaus und Martin mit, die mit offenem Mund der Szene gefolgt waren. Das Menschenknäuel versuchte, sich wieder aufzurappeln. Alle hielten die Luft an. Nur Massimo schien dieser Vorfall wieder neue Kraft gegeben zu haben. Er stemmte sich hoch und stürzte auf Freddy zu. Kurz bevor er ihn erreicht hatte, presste sich der Lauf einer Waffe gegen seine Stirn.

Richard hatte das Unheil kommen sehen und seine Pistole von der Theke gerissen. Er stand jetzt drohend neben Freddy, den Arm mit der Waffe auf dessen Schulter abgestützt. Massimos halb erhobene Hand schwebte noch über seinem Kopf. Sie schloss sich jetzt blitzschnell um Richards Waffe und versuchte sie ihm aus der Hand zu winden. Der Schuss löste sich donnernd. Das Geräusch ließ vor allem Freddy heftig zusammenzucken.

Entsetzt zog Massimo seine Hand zurück, die jetzt in der Mitte des Handtellers eine klaffende Wunde aufwies. Das Blut verteilte sich rasend schnell über seinen Arm. Er krümmte sich vor Schmerzen, schrie seinen Schmerz heraus. Er stützte sich an einer Stuhllehne ab, um nicht ohnmächtig zu werden. Freddy presste seine Hand auf das Ohr und brüllte wie ein Wahnsinniger.

»Du verdammtes Arschloch. Mein Ohr. Ich kann nichts mehr hören. Du hast mir mein Ohr zerschossen. Verdammte Kacke.«

Freddy und Massimo traten einen Schritt zurück und starrten auf ihren Kumpel, der die Waffe mit hassverzerrtem Gesicht, nun sichernd im Kreis führend, auf die Menschen richtete.

»Macht auch nur eine falsche Bewegung, und es wird eure Letzte sein. Ich habe nichts zu verlieren. Gar nichts. Wenn die uns erwischen, gehe ich sowieso für viele Jahre in den Knast. Also schön vorsichtig sein. Setzt euch alle wieder auf den Arsch und haltet die Schnauze. Ich muss überlegen.«

Nur das Stühlerücken erfüllte den Raum. Niemand wagte es, sich der Anordnung zu widersetzen. Freddy zeigte auf die Waffe, sah dabei abwechselnd Richard und Massimo an. Mir wurde schlecht, als ich das viele Blut sah, das sich neben Massimo auf dem Fußboden sammelte.

»Wieso ... warum hast du ... ich hatte euch doch Platzpatronen gegeben? Das sollte doch auf keinen Fall passieren.«

Freddy zeigte auf die Waffe, die Richard immer noch durch den Raum gleiten ließ.

»Ja sicher, du hast Platzpatronen verteilt, du Idiot. Wofür hältst du mich eigentlich? Für einen Clown? Hast du wirklich geglaubt, dass ich so ein Ding drehe und dann mit einer Spielzeugpistole durch die Gegend lauf? Das kann immer mal schief gehen und die Bullen kommen. Was glaubst du, würde ich dann tun? Denkst du wirklich, dass ich laut schreie, bitte tut mir nichts, ich trage nur eine Wasserpistole? Ich gehe doch nicht deshalb in die Kiste, weil ich Kasperletheater gespielt habe. Nee, mein Lieber. Wenn die Bullen hier auftauchen, will ich was anderes, als nur meinen Schwanz in der Hand halten. Du kennst mich nicht, du Wichser. Früher konntest du mich schikanieren, ja. Doch das ist vorbei. Wenn es sein muss, blase ich dir das Licht aus.

Und jetzt beweg deinen Arsch und frag bei den Bullen nach, warum die Karre mit dem Geld noch nicht vorgefahren ist.«

Ganz langsam ging er auf die Stelle zu, an der sich Mama mit den beiden älteren Männern niedergelassen hatte. Ihr gesamter Körper bebte, sie hatte die Hände zwischen die Oberschenkel gepresst, damit sie nicht unkontrolliert zitterten. Entsetzt blickte sie in den Lauf der Waffe.

»Du bist eine böse Frau ... eine sehr böse Frau. Komm mir nicht noch einmal in die Quere. Es wird dann nicht gut für dich ausgehen. Das verspreche ich dir. Halt bloß ab jetzt die Füße und deine Fresse still.«

Der Schock saß sehr tief bei Mama, das konnte ich an ihrer starren Haltung erkennen. Derart beeindruckt hatte ich sie noch niemals zuvor gesehen. Meine Angst um ihre Gesundheit wuchs zur Panik. *Was hatte dieser Wahnsinnige mit Katja und mir vor?*

Kapitel 26

Eine Totenstille legte sich augenblicklich über das gesamte Gelände. Alle Augen richteten sich auf den Eingang zum City Fitness. Das war eindeutig ein Schuss, der die Gedanken der Menschen lähmte, sie verzweifelt innehalten ließ. Niemand hatte ernsthaft daran gezweifelt, dass die Geiselnehmer in Kürze das Fluchtauto besteigen würden und damit das Drama für den Großteil der Gefangenen vorerst beendet sein würde. Diejenigen, denen eine Flucht nach Geiselnahme gelang, befanden sich im einstelligen Prozentbereich. Das hatte die beteiligten Beamten hoffen lassen. Dieser Schuss konnte alles verändern.

»Schilling, wo ist Schilling?«

Knoll sprang aus seinem Bus und schrie über den Vorplatz.

»Bin hier drüben, Chef. Habe den Romanowski nochmal reingeschickt. Der soll uns einen Lagebericht geben. Sie hören ihn auf Kanal drei. Jetzt können wir nur warten.«

Die Minuten verstrichen endlos langsam, in denen sich die Männer nur flüsternd unterhielten. Die Stille wurde lediglich von den Chaoten gestört, die immer noch draußen standen und ihre Parolen über die Straße riefen. *Hängt sie auf! Deutschland den Deutschen! Hängt sie auf!*

»Schieben Sie die Tür zu, Prenzel, damit ich nicht durchdrehe. Ich überlege, ob ich die nähere Umgebung komplett räumen lasse. Allerdings müssten wir dazu noch Verstärkung anfordern. Ich könnte kotzen bei so viel Dummheit.«

Nur ein Rauschen im Lautsprecher. Kein Bericht von Romanowski. Prenzel trommelte mit den Fingerspitzen auf der Tischplatte, bis Knoll genervt seine Hand darüberlegte. Plötzlich hörten sie ein leises Knacken, ein Atemgeräusch. Drei Augenpaare starrten auf den kleinen Lautsprecher, als würde er ihnen die heißersehnten Ergebnisse der Bundesligaspiele übertragen. Da war es wieder, dieses leise Atmen.

»Kann jetzt den vorderen Bereich einsehen. Allerdings ist mir die Sicht auf die Geiseln versperrt. Werde jetzt weiter in den Innenraum vordringen müssen. Melde mich wieder.«

»Scheiße, was macht der bloß? Wenn die den bemerken, werden die Penner kurzen Prozess machen. Wir sollten stürmen.«

Knolls Gesichtsfarbe veränderte sich augenblicklich. Er schlug mit der Faust auf den Tisch, sodass sein

Kaffee, den er sich frisch eingeschenkt hatte, über die Kante schwappte.

»Halten Sie doch einmal ihren vorlauten Mund, Prenzel. Der Mann weiß, was er da drin tut. Der wird nicht leichtfertig sein Leben und das der Geiseln aufs Spiel setzen. Wenn wir nicht erfahren, was genau die da veranstaltet haben, werden wir keine Maßnahmen ergreifen können. Es sei denn, wir riskieren ein Blutbad. Wir warten!«

Wieder verstrichen Minuten, in denen nichts geschah. Schilling kramte eine Zigarettenschachtel aus seiner Uniformjacke hervor und wollte sie gerade wieder wegstecken, als er die fordernde Hand des Hauptkommissars bemerkte. Zögernd hielt er ihm die Schachtel entgegen.

»Ich dachte, Sie hätten vor vier Jahren damit aufgehört.«

Knoll blieb die Antwort schuldig und betrachtete die Zigarette eingehend, bevor er sie mit dem angebotenen Sturm-Feuerzeug des Einsatzleiters anzündete. Gierig sog er den Rauch ein, hustete jedoch nach dem ersten Zug.

»Scheiße, tut das gut.«

Da war sie wieder, die kaum vernehmbare Stimme von Romanowski. Knoll drückte die halbaufgerauchte Zigarette hektisch aus.

»Ich kann jetzt den Geiselraum fast komplett übersehen. Dieser Pomplun richtet eine Waffe auf alle. Der versucht, die gesamte Mannschaft in Schach zu halten, sogar seine Kumpel. Der Riese, dieser Fontana scheint an der Hand verletzt zu sein. Er drückt sie sich unter die Achsel. Seine ganze Jacke ist voller Blut und er trägt einen Kopfverband. Der dritte Mann, dieser Freddy Limburg, hat vermutlich ebenfalls eine Verletzung am rechten Ohr. Die Verletzung ist nicht einsehbar, da er sie mit der Hand abdeckt. Die Geiseln befinden sich alle in einem Raum. Im Moment halte ich einen Zugriff für zu gewagt, da Pomplun meiner Meinung nach schießen könnte. Melde mich wieder, wenn sich die Lage entspannt. Könnten Sie eventuell anrufen, damit der Pomplun aus der Nähe der Geiseln geholt wird?«

Die drei Männer, die gespannt dem Bericht gefolgt waren, sahen sich an. Schilling äußerte sich als Erster. Er zog den Plan heran und zeigte den Anderen, wo er die einzelnen Personen vermutete.

»Ich halte Romanowskis Vorschlag für absolut perfekt. Die Geiseln sind ungefähr hier. Die drei Zielpersonen sind hier, hier und hier. Wenn wir den bewaffneten Pomplun zur Theke, also zum Telefon holen können, haben wir freies Schussfeld, ohne die Geiseln zu gefährden.«

Knoll wirkte nachdenklich und schüttelte leicht den Kopf.

»So weit ist ihr Plan ja ganz nachvollziehbar. Doch da stört mich was. Warum bedroht dieser Pomplun auch seine Partner? Haben die sich zerstritten? Haben die anderen Beiden vielleicht das Lager gewechselt und wollen sich ergeben? Wenn wir jetzt da reingehen, müssen wir vorher wissen, wer die Guten und wer die Bösen sind. Ich möchte keine Hinrichtung von Unschuldigen.«

»Unschuldige? Chef, die haben alle Drei Scheiße gebaut. Die wussten vorher, worauf sie sich einlassen. Das darf nicht ungesühnt bleiben.«

Wieder war es Prenzel, der vorpreschte und seinem Unverständnis freien Lauf ließ.

»Verdammt nochmal Prenzel. Lernen Sie denn niemals dazu. Gehen Sie besser raus und stellen sich zu den Chaoten auf die Straße. Wir sind die Polizei, kein Lynch Mob. Außerdem sind Sie im Irrtum. Selbst Sie sollten mittlerweile mitbekommen haben, dass diese Geiselnahme so nicht geplant war. Das sollte eine Entführung werden. Schlimm genug, das will ich zugeben. Aber es war bei den Dreien nicht vorgesehen, sich mit vielen Geiseln zu belasten und sich einer Belagerung auszusetzen. Dazu sind die einfach zu dämlich. Wir brauchen einen Plan, Schilling.«

Knoll richtete seine Aufmerksamkeit komplett auf den erfahrenen Schilling, ließ Prenzel mit seiner Frustration alleine. Die beiden Strategen rückten näher zusammen und besprachen die weitere Vorgehensweise. Prenzel verließ mit gesenktem Kopf den Bus und wünschte seinen Chef in die tiefste Hölle.

Die Kameras, die bisher auf jede Veränderung in der engen Zufahrt zum Fitness Center reagierten, wurden ruckartig neu ausgerichtet, als ein Polizeifahrzeug die Gasse für einen silbergrauen Passat schuf. Bei den Presseleuten verbreitete sich blitzschnell die Nachricht, dass der von den Geiselnehmern angeforderte Wagen nun endlich eingetroffen war. Allerdings differierten die Angaben über die Höhe der Lösegeldforderung zwischen einer und zwanzig Millionen. Es wurde sogar in den Medien an verschieden Stellen behauptet, dass bereits ein hoher Betrag in Bitcoins gezahlt worden wäre und die Gangster zum Flughafen chauffiert würden. Dort wartete ein Jumbojet auf sie, der sie und mehrere Geiseln in den Jemen ausfliegen würde. Bewusst hatte man seitens der Polizei darauf verzichtet, hier endgültige Klarheit zu schaffen. Der Passat wurde von Prenzel bis vor den Bus geleitet.

»Chef, der Wagen ist da. Wollen Sie einen Blick reinwerfen, bevor wir den übergeben?«

»Sagen Sie dem Fahrer, dass er den Wagen erst noch hinter dem Bus parken soll. Und passt mir bloß auf das Geld auf. Ich stehe dafür gerade.«

Prenzel nickte stumm und öffnete die Tür des Fluchtfahrzeuges. Er winkte den Fahrer raus und ließ sich die Stellen zeigen, an denen man die Peilsender angebracht hatte. Beide kontrollierten noch ein letztes Mal den Sitz des Ortungsgerätes innerhalb des Geldkoffers. Dann setzte sich Prenzel hinter das Steuer. Der

Motor verstummte, als der Kommissar den Wagen hinter dem Bus der Einsatzleitung einparkte.

»Sie können sich in der Zwischenzeit einen Kaffee holen, die Herrschaften besprechen noch das weitere Vorgehen. Das verdammte Warten nervt. Und meine süße Maus wartete zuhause auf ihren Prinzen.«

Lachend schlug er dem Kollegen auf die Schulter und zeigte ihm, wo das Versorgungsfahrzeug stand. Besorgt sah er zum Nebenausgang, der auf die Herner Straße führte. Dort hatten die Polizeikräfte Mühe, die Gaffer und Demonstranten zurückzuhalten. Er schlenderte rüber, um sich ein Bild der Lage zu verschaffen.

»Ganz schön was los hier. Haben die Leute nach Mitternacht nichts Anderes zu tun, als sich die Beine in den Bauch zu stehen? Wir müssen übrigens nachher sehr schnell sein. Wenn der silberne Passat innerhalb der nächsten halben Stunde mit den Geiselnehmern losfährt, sorgen Sie und Ihre Männer, auch notfalls mit Gewalt dafür, dass sie unbeschadet durchkommen. Jeder Aufenthalt hier kann zu Kurzschlussreaktionen beim Fahrer führen. Wir müssen bedenken, dass sie Geiseln im Wagen versteckt halten. Also, sofort eine Gasse schaffen und durchwinken.«

»Alles klar, Herr Kommissar. Ihr habt alles gehört, Leute?«

Die anwesenden Polizisten nickten und mischten sich wieder unter die Kollegen, die bemüht waren, die Menschen vom Gelände fernzuhalten.

Kapitel 27

Freddy wirkte im Gegensatz zu vorher sichtlich verunsichert, was ich auf die Bedrohung durch die scharfe Munition zurückführte. Ihm schien auch das taube Ohr Schmerzen zu bereiten. Sein Gesicht war völlig verzerrt, die Hand ruhte weiterhin auf dem verletzten Ohr. Niemand verstand, was er vor sich hinmurmelte, als er sich umdrehte und zur Servicetheke ging. Einen Augenblick sah er unentschlossen auf das Telefon, zog die Hand wieder zurück, die es längst umfasst hatte.

»Was ist los, hast du plötzlich Schiss? Wir ziehen jetzt das Ding durch, das garantiere ich dir. Die werden den Schuss gehört haben und jetzt wissen, dass wir es ernst meinen. Ich will sofort den Wagen und die Kohle vor der Tür sehen. Ich lege denen sonst ein paar von den Figuren vor die Tür. Fuck. Beweg jetzt endlich deinen Arsch!«

Richard war währenddessen mit vorgehaltener Waffe auf seinen einstigen Kameraden zugegangen. Drückte ihm den Lauf der Waffe in den Nacken.

Zögernd nahm Freddy wieder den Hörer auf und drückte die Wahlwiederholung.

»Knoll. Was ist da bei euch los? Wir liegen genau in der verabredeten Zeit, es gibt keinen Grund, ...«

»Halt die Schnauze«, Richard hatte Freddy den Hörer aus der Hand gerissen und schrie wie ein Wahnsinniger hinein, »ich sage das jetzt nur einmal! Hast du das verstanden? Ich gebe euch zehn Minuten, dann steht der vollgetankte Wagen mit laufendem Motor vor der Tür. Auf dem Beifahrersitz finde ich dann einen aufgeklappten Koffer, in dem ich das Geld sehen kann. Wir werden einzeln herauskommen, die beiden Geiseln bleiben so lange bei uns, bis wir sicher sein können, dass wir nicht verfolgt werden. Ich diskutiere von jetzt an nicht weiter mit euch. Die Zeit läuft ab jetzt. Ich würde euch raten, nicht auf Zeit zu spielen, sonst wird es im Minutentakt Opfer kosten.«

Richard knallte das Telefon dermaßen heftig auf die Theke, dass die hintere Abdeckung zerbrach und auf die Erde fiel. Wütend zertrat er das Plastikteil und spuckte darauf. Niemand konnte sich das logisch erklären. Doch die Tatsache, dass wir fast den Kontakt zu den Helfern draußen verloren hätten, lähmte uns alle. Selbst Freddy starrte entsetzt auf das, was einmal ein Teil eines Telefons war. Er trat die Einzelteile wütend durch die Gegend. Sein Gesicht verzerrte sich zu einer Fratze, als er, trotz der vorgehaltenen Waffe, auf Richard zuging.

»Du bist nicht ganz dicht. Glaubst du tatsächlich, dass die jetzt einfach deine Wünsche erfüllen? Glaubst du das wirklich? Die gehen jetzt nach deinem bescheuerten Geballer davon aus, dass wir bereits jemanden umgelegt haben. Warum sollten die annehmen, dass wir die Geiseln unbeschadet freilassen? He? Jetzt sage ich dir mal was. Du kannst gleich, sollten die wirklich die Karre vorfahren, gerne rausgehen. Ich werde keinen Fuß vor die Tür setzen. Hörst du? Keinen Fuß setze ich vor die Tür. Lass dir ruhig eine Kugel in deine verfickte Birne jagen, ich bleibe hier drin und ergebe mich. Da gehe ich doch lieber für ein paar Jahre in den Knast, bevor ich mich von einem Scharfschützen umlegen lass.«

Niemand sprach ein Wort, die Stille lärmte in den Ohren. Ich beobachtete, dass Miriam wieder die Hände vor das Gesicht gedrückt hielt und zu weinen begann. Massimo zog ein zerknittertes Taschentuch aus der Hosentasche und wickelte sich das beängstigend langsam um die verletzte Hand. Er dachte angestrengt über etwas nach, das mir auf einer unerklärlichen Weise Angst bereitete. In Sekundenschnelle war der Stoff vom Blut durchtränkt. Mir wurde übel.

Richards Gesicht färbte sich rot. Er konnte seinen Jähzorn kaum noch unter Kontrolle bringen. Immer wieder fuhr er sich mit dem Handrücken über den Mund, aus dem Speichel lief. Er begann damit, im Servicebereich herumzuwandern, wobei er unverständliches Zeug vor sich hinbrabbelte. Eine gewisse Unruhe breitete sich spürbar unter den Menschen aus, die bisher noch daran geglaubt hatten, dass alles gut für sie ausgehen würde. Die ersten, leise geführten Diskussionen brachten zusätzliche Unruhe in die zuvor schon angespannte Atmosphäre.

»Haltet verdammt nochmal eure Fresse, sonst passiert noch was. Ich muss nachdenken.«

Richards Augen quollen fast aus den Höhlen, als er sich herumwarf und mit der Waffe herumfuchtelte. Augenblicklich verstummte jegliches Gespräch. Alle duckten sich tiefer auf ihren Stühlen. Genau in dem Augenblick, als er sich wieder Freddy zuwenden wollte, geschah es. Massimo überwand die drei Meter mit wenigen Schritten und warf sich mit einem Urschrei auf seinen einstigen Kameraden. Beide schlugen heftig gegen die Schränke, was zu einem ohrenbetäubenden Lärm führte. Das darin gelagerte Geschirr wirbelte durcheinander und verteilte sich unter den beiden miteinander kämpfenden Männern. Mit einer Hand versuchte Massimo, die Waffe zu fixieren, mit der verletzten Hand drückte er Richards Gesicht erbarmungslos in die Porzellanscherben. Der schrie seine Schmerzen und die aufgestaute Wut laut heraus.

Mit Entsetzen beobachtete ich, dass Bewegung in die Reihen der Geiseln kam. Die Männer erhoben sich langsam und verständigten sich mit Blicken. Das war auch Freddy nicht entgangen, der blitzschnell nach der

Waffe griff, die Richard mittlerweile losgelassen hatte, und nun einsam auf dem Boden lag. Die Mündung zeigte auf die Gruppe, die sich zur Gegenwehr entschlossen hatte. Vorsichtig wichen sie wieder zurück, tasteten nach ihren Stühlen und setzten sich wieder. Nun breitete sich erneut die Angst aus, die fast alle für einen kurzen Augenblick überwunden hatten.

Immer noch wälzten sich die beiden Männer, verbissen miteinander kämpfend, am Boden, schnitten sich die Haut auf an den scharfen Kanten des zerbrochenen Porzellans. Immer wieder schlug Richard mit einer plötzlich freien Hand gegen den Kopf Massimos, was sichtlich Wirkung zeigte. Seine Bewegungen wurden merklich langsamer, bis er schließlich mit einem Seufzer zusammenbrach. Mit großem Kraftaufwand befreite sich Richard von dem Gewicht, das immer noch auf ihm lastete. Massimo rollte beiseite, ohne einen Ton von sich zu geben. Freddy hatte den verzweifelten Kampf kommentarlos beobachtet, ohne einzugreifen. Zwei Waffen hatte er hinter den Gürtel geschoben, eine hielt er drohend auf Richard gerichtet, in der Hand.

Meine Gedanken überschlugen sich. *Wie würde sich Freddy nun verhalten? Es bestand ja immerhin die Möglichkeit, dass er aufgeben würde und uns alle freiließ. Der scheinbar Aggressivste der Drei schien im Augenblick außer Gefecht gesetzt.* Freddys Worte nahmen mir die Hoffnung auf ein gewaltloses Ende.

»Mir ist da gerade ein Gedanke gekommen. Steh auf und hör mir genau zu.«

Mir blieb fast das Herz stehen, als ich den schwarzen Schatten zwischen den Geräten bemerkte, der sich Richtung Herrenumkleideräume und somit einem Ausgang bewegte. Niemandem sonst war es aufgefallen, was mir ein Blick auf den Rest der Geiseln bestätigte. Alle starrten resigniert vor sich hin. Sie hatten jegliche Hoffnung aufgegeben.

Kapitel 28

Da war es wieder, dieses Knacken im Lautsprecher, das Knoll eine neue Nachricht von Romanowski ankündigte. Sofort unterbrach er die Unterhaltung mit Schilling. Beide lauschten angespannt.

»Ich komme jetzt raus«, zischte der SEK-Mann in sein Mikro.

Minuten später klopfte es an der Schiebetür des Busses und Romanowski steckte den Kopf hinein. Gespannt lauschten die Männer seinem Bericht.

»... deshalb würde ich einen schnellen Zugriff empfehlen. Die Gangster sind jetzt nur noch zu zweit. Wie ich schon sagte, scheint jetzt nur der Anführer, dieser Freddy, eine scharfe Waffe zu benutzen. Ob er sie gegen die Geiseln einsetzen wird, möchte ich nicht mit Bestimmtheit sagen. Doch mit einem gezielten Schuss wäre das Problem relativ schnell vom Tisch. Mit dem Einsatzplan, den wir vorhin besprochen haben, könnten wir diesen Irrsinn schnell beenden und wären noch vorm Morgengrauen im Bett.«

Schilling und Knoll nickten nachdenklich.

»Wir könnten zweigleisig fahren, meine Herren. Wir schleusen Ihre Leute an den bekannten Stellen ins Haus. Die sichern das Geschehen von innen ab. Trotzdem möchte ich zuvor die Geiseln draußen haben, damit drinnen nicht versehentlich eine verirrte Kugel ... Sie wissen schon. Also folgende Vorgehensweise. Ich sage den Typen den Wagen und das Geld zu, wir fahren den Wagen vor den Eingang. Dann sollen die Geiseln herauskommen. Dann, wenn die Brüder mit den restlichen Geiseln das Fahrzeug besteigen, werden wir spontan entscheiden, ob wir die Männer mit gezielten Schüssen außer Gefecht setzen oder sie erstmal ziehen lassen. Das müssen Ihre Scharfschützen selbst entscheiden. Es wird aber nur geschossen, wenn wir zu hundert Prozent sicher sein können, dass für die Geiseln keine Gefahr besteht. Noch Fragen? Nein? Dann lassen Sie den Wagen fertigmachen, ich rufe an.«

»Hier Knoll. Ich gehe davon aus, dass unser Deal noch steht. In wenigen Minuten wird ein silbergrauer Passat vorfahren. Darin sitzt einer unserer Männer. Der Koffer liegt auf dem Beifahrersitz, wie Sie es wünschten. Sie lassen die versprochenen Geiseln frei – einzeln. Sie sollen mit erhobenen Händen heraustreten und laut ihren Namen rufen. Wenn wir alle in Sicherheit wissen, können Sie mit den verbleibenden beiden Geiseln herauskommen. Wir werden Sie unbehelligt einsteigen und wegfahren lassen. Keiner wird Sie verfolgen. Die Geiseln werden Sie dann an einem zugänglichen Ort freilassen.« Hier machte Knoll eine kurze Pause. »Eines möchte ich Ihnen noch mitgeben. Sollten Sie den Geiseln etwas antun, werden wir Sie unerbittlich jagen. Die Polizei des ganzen Landes wird Sie durch das Land hetzen. Und wir werden Sie finden – das verspreche ich Ihnen. Dann sind Sie für mich ganz oben auf der Liste. Haben wir uns verstanden, oder gibt es dazu noch Fragen?«

Ein Brummen, das wohl eine Zustimmung signalisieren sollte, drang aus den Lautsprechern. Danach das bekannte Rauschen einer toten Leitung. Schilling, der Knoll nur stumm zugenickt hatte, verließ den Bus, um alles Nötige anzuweisen.

Warum Knoll ausgerechnet in diesem Augenblick wieder an den fehlenden Kontakt zu Sohn und Enkelkinder dachte, konnte er sich nicht erklären. Es konnte mit dem Umstand zusammenhängen, dass er damals in einer ähnlichen Situation die lebensgefährliche Verletzung erhielt. Nachdenklich rieb er wieder einmal über die Narbe, die sich quer über die Stirn zog und sich immer dann rot färbte, wenn er aufgeregt war. *Elke meinte vor der endgültigen Trennung, dass er sich nach diesem Ereignis nie wieder komplett erholt und weit von dem entfernt hätte, was sie einst an ihm geliebt hatte. Sie mochte damit recht gehabt haben, wer weiß.*

Wieder war es Schilling, der ihn zurückholte in die Realität. Sein besorgtes Gesicht erschien in der Türöffnung des Kommandobusses.

»Was ist denn jetzt wieder passiert? Sie sehen ja aus, als wäre Ihnen der Geist Ihrer Urgroßmutter erschienen.«

»Ich wollte, es wäre so. So eine verfahrene Kiste habe ich noch nie erlebt. Hier spinnen alle – Sie natürlich ausgenommen. Ich hatte darum gebeten, mir den Prenzel heranzuschaffen, da ich der Meinung war, dass er, so als Lehrstück, den Fahrer machen sollte. Außerdem hat der den Schlüssel. Der ist nirgendwo zu finden. Also schnappte ich mir den anderen Kollegen, der den Wagen gebracht hatte und kam dann wieder hierher.«

Machen Sie´s kurz, Schilling. Ich verstehe nicht, was Sie mir erzählen wollen.«

»Also, ich mit dem Mann zum Wagen, der hinter dem Bus geparkt war. Nichts! Kein Fluchtfahrzeug, kein Prenzel. Der Fahrer erzählte mir, dass er Prenzel den Schlüssel übergeben musste. Jetzt fehlt von der Kiste jede Spur. Ich bin über das gesamte Gelände geheizt, keine Spur von Prenzel. Ans Telefon geht der auch nicht, hat womöglich ausgeschaltet und die SIM-Karte entfernt. Und jetzt kommt die absolute Härte. Der Drecksack muss sämtliche Peilsender entfernt haben, sogar den aus dem Geldkoffer. Wir haben keine Ahnung, wo der Wagen sich im Augenblick befindet.

Ach, übrigens – die Nummernschilder hat er bei uns liegenlassen und sich irgendwo andere besorgt. Dem Gruppenführer an der Ausfahrt hat er bei seinem Verschwinden erzählt, dass er fährt, gehöre zum Plan.«

Knoll saß stocksteif auf der Bank und starrte den Kollegen ungläubig an.

»Dieses verdammte Arschloch. Der muss doch mitbekommen haben, dass wir die Penner auf eine halbe Million runtergehandelt haben. Was macht man denn heute noch mit einer solchen Summe? Wenn der in meinem Alter wäre, könnte ich ihn noch verstehen. Doch dieser saudumme Kerl ist erst zweiunddreißig. Da reicht das Geld nicht lange. Außerdem muss der doch wissen, dass wir die Scheine markiert haben. Wenn der das Geld jetzt noch in der Szene waschen muss, bleiben dem doch höchstens noch hunderttausend. Gott, was ist in dieser Welt los? Herr, lass Hirn regnen.«

»Was machen wir jetzt ohne Wagen? Wie erklären wir das? Das nehmen die uns niemals ab.«

Knoll sprang auf und fühlte nach seiner Waffe.

»Das können und das werden wir denen nicht mitteilen. Dann sterben die ersten Geiseln. Zugriff – sofort Zugriff, Schilling! Holen Sie die Männer zusammen, wir gehen rein!«

Verwundert beobachtete Schilling, wie sein Einsatzleiter Knoll die Dienstwaffe überprüfte und wieder zurück ins Holster schob.

»Chef, Sie wollen doch wohl nicht selber mit da rein, oder?«

»Was dachten Sie denn, Schilling? Wie man sieht, kann man doch keinem mehr trauen.«

Knoll drehte sich noch einmal um und legte seine Hand auf die Schulter des SEK-Mannes.

»Jetzt gucken Sie nicht so entsetzt, das war ein Scherz. Kommen Sie, wir haben keine Zeit.«

Die Gruppe der komplett ausgerüsteten SEK-Beamten wirkten auf einen Außenstehenden absolut martialisch, bedrohlich. Mit Maschinenpistolen bewaffnet und heruntergeklappten Helmen konnten sie schon durch ihr bloßes Erscheinen beeindrucken. Schilling übernahm Gruppe eins, die durch das Nebengebäude einrücken sollte. Diesen Weg kannte man durch den Alleingang von Reiner Richter. Romanowski führte die Gruppe zwei, die über das Vordach, durch die Fenster auf die Empore eindringen sollte. Alle warteten auf den letzten Befehl, den Knoll als Führer der dritten Gruppe geben sollte.

Verzweifelt schlug er mit der Faust gegen den Baumstamm, als er den hysterischen Aufschrei hörte. Wieder einmal hatte man eine Person nicht ausreichend bewacht, die er zwingend vom Tatgeschehen fernhalten wollte. Elena eilte mit hochgerissenen Armen auf den Hauptkommissar zu.

»Non devi fare niente a lui – er ist doch noch ein Kind. Ihr dürft ihm nichts tun, bitte. Er kann doch nichts dafür. Diese Männer sind schuld, nur diese Männer. Herr Commissario, bitte verschonen Sie meinen Bruder!«

Elena fiel vor Knoll auf die Knie, bevor ein Beamter eingreifen konnte. Als es schließlich einer versuchte, sie fortzuziehen, hielt ihn Knoll davon ab und half der armen Frau hoch.

»Es wird ihm nichts geschehen, Elena, das verspreche ich Ihnen. Wir werden alle dort unverletzt herausholen. Gehen Sie jetzt wieder zurück zum Wagen und freuen Sie sich darauf, Ihren Bruder bald wieder in den Arm nehmen zu können. Gehen Sie jetzt bitte mit der Beamtin zurück.«

»Grazie, Signor Commissario, grazie.«

Elena war sich dessen nicht bewusst geworden, dass sie in ihrer Angst um den Bruder in ihre Muttersprache gewechselt war. Schluchzend ließ sie sich von der Beamtin wegführen, die liebevoll den Arm um Elenas Schulter gelegt hatte. In dem Bus, der zur Betreuung der Angehörigen abgestellt worden war, wartete Kessler auf sie, dessen sorgenvoller Blick auch auf sein Sportstudio gerichtet war. Die Angst um seine Mitarbeiter, zu denen er ein sehr enges Verhältnis pflegte, war groß. Er verbarg Elenas zarte Hände in den seinen. Das nervenzehrende Warten begann.

Ein breitschultriger Beamter öffnete die Hintertür zu den Herren-Umkleideräumen. Direkt nachdem dieser *gesichert* rief, glitt Knoll mit gezückter Waffe in den Flur. Er warf einen Blick durch die innere Glastür in den Trainingsraum. Beeindruckend viele Geräte nahmen ihnen die klare Sicht auf die Menschen, die sich vor dem Eingang in etwa zwanzig Metern Entfernung niedergelassen hatten. Ihm fiel sofort das große Laken auf, unter dem sich Personen aufhielten. Dem erfahrenen Kripomann war der Zweck dieses Manövers sofort klar. Das mussten die Ganoven mal in einem amerikanischen Actionfilm gesehen haben. Allerdings war klar zu erkennen, dass nur zwei Personen aufrecht standen und ihre Waffen sogar unter dem Laken herausragten. Dilettantischer konnte man solche Aktionen nicht durchführen. Trotz der ernsten Situation, stahl sich ein Lächeln auf seine Lippen, was dem neben ihm stehenden Beamten nicht entgangen war. Auch er wusste, was der Hauptkommissar meinte.

Aus Knolls Position heraus konnte er die obere Empore einsehen, auf der sich Schatten bewegten. Romanowski winkte ihm zu und suchte Deckung hinter einem Trainingsgerät. Für Knoll war die Gruppe der Geiseln nun klar erkennbar. Seine Männer verteilten sich absolut geräuschlos hinter den Geräten. Aus Romanowskis Position war auch der Treppenaufgang einsehbar, über den vor Stunden Reiner Richter eindrang, und der jetzt die Köpfe der Schilling-Gruppe erkennen ließ. Romanowski gab Knoll das verabredete Zeichen. Sein Daumen zeigte nach oben. Knoll nickte.

Der Hauptkommissar wusste, dass jetzt der gefährlichste Teil der Befreiungsaktion bevorstand. Er musste entscheiden, ob die Zielpersonen mit Schüssen eliminiert werden sollten, was auch vorzugsweise kampfunfähig bedeutete, oder ob eine unblutige Gefangennahme möglich war. Niemand beneidete ihn deswegen. Die ersten Läufe der Scharfschützen schoben sich millimeterweise über die Brüstung, visierten die Arme der Geiselnehmer an. Einer veränderte vorsichtshalber seine Position, da er eine Geisel im erweiterten Zielbereich sah. Wieder hob sich Romanowskis Daumen. Knoll fasste seine Dienstwaffe fester und ging in die Knie.

Romanowski, der augenblicklich erkannte, was der Chef beabsichtigte, stockte der Atem. Die Gangster mussten doch zumindest spüren, dass sich die Glastür einen Spalt öffnete und mehrere Personen in den Raum gekrochen kamen. Richard, dessen Sinne bis zum Anschlag gespannt waren, zuckte herum und richtete seine Waffe in die Richtung, aus der er eine Gefahr witterte. Er konnte sie nicht klar erkennen, wusste dennoch, dass sie vorhanden war. Die Sportgeräte verbargen die Körper der eingedrungenen Beamten.

»Ich habe euch gesehen, ihr Dreckspack. Das habt ihr euch clever ausgedacht. Da gebt ihr euer Wort, dass ein Fluchtauto parat steht, und stattdessen versucht ihr, uns umzulegen. Soll ich euch sagen, worauf meine Waffe zielt? Ich werde bis zehn zählen, dann habt ihr euren verdammten Arsch wieder an die frische Luft bewegt. Wenn nicht, habt ihr die erste tote Geisel.«

Richards Waffe berührte Katjas Stirn. Mein Herz drohte zu explodieren. Freddy sah hektisch um sich und zielte in Richtung der Glastür. Wie Hammerschläge dröhnten die Worte durch den Raum.

»Eins ... zwei ... drei ...«

Knoll hörte die geflüsterten Worte Romanowskis aus den Ohrstöpseln.

»So viel, wie ich mitbekommen habe, besitzt nur der Hagere scharfe Munition. Da er die Waffe auf eine Geisel gerichtet hält, können wir nicht schießen. Was sollen wir tun?«

»Nichts. Wir müssen verhandeln.«

Knoll erlebte genau in diesem Augenblick ein Déjà-vu. Die Bilder aus Stuttgart schossen wie ein zu schnell ablaufender Film vor seinen Augen dahin. Er hörte wieder diesen alles entscheidenden Schuss, der sein ganzes Leben verändert hatte. Sein Körper war augenblicklich schweißbedeckt. Die Hand, die seine Waffe hielt, zitterte. Besorgt beobachtete ihn der Mann neben ihm. Er konnte nicht verhindern, dass sich Knoll aufrichtete und die Waffe weit von sich streckte.

»Ich möchte mit Ihnen verhandeln. Hören Sie auf damit, bitte. Es muss einen anderen Weg geben, um das hier zu beenden. Was haben Sie davon, wenn Sie jetzt die Geisel erschießen? Sehen Sie, Pomplun, ich lege meine Waffe auf den Boden. Geben Sie die unschuldige Geisel frei, nehmen Sie mich dafür. Ich habe mir das ausgedacht. Warum soll eine Geisel dafür zahlen? Niemand wird schießen, nur, bitte geben Sie die Geisel frei.«

»Was soll denn diese Scheiße jetzt? Das ist doch wieder ein Trick. Du verdammter Bastard willst uns verarschen. Da wird nichts draus. Aber wo du gerade hier bist, kann ich mich ja für die Verarsche bei dir bedanken. Wir werden sowieso umgelegt, warum soll ich dich da nicht mitnehmen in die Hölle? Und weißt du was? Ich brauche noch eine attraktive Begleitung. Zuerst werde ich dich abknallen und dann die beiden hübschen Weiber hier.«

Der Schrei entfuhr mir, ohne dass ich es hätte beeinflussen können. Das daraus entstehende Chaos war kaum zu beschreiben. Die Reaktionen entstanden fast zeitgleich. Wie mir später berichtet wurde, sprang Mama aus ihrer zuvor sitzenden Stellung auf und lief auf das Laken zu, unter dem sie mich wusste. Hauptkommissar Knoll warf sich auf den Boden, um seine Waffe zu greifen, während der Schuss aus Pompluns Waffe ihn in die Schulter traf. Hart schlug er auf, bevor ihn ein SEK-Beamter mit seinem Körper schützte. Grelle Blitze zuckten von der Empore. Mindestens vier Geschosse schlugen in Pompluns Körper. Sein Gesicht zeigte Unglauben. Der Körper drehte sich einmal um die Achse, prallte dann gegen Freddy, der längst beide Hände zur Decke gestreckt hielt. Richard Pompluns

Geist hatte längst den Körper verlassen, als er auf dem Boden aufschlug. Katja ließ sich instinktiv fallen.

Schilling drang mit seinen Männern nun aus dem Kellergang ebenfalls in den Trainingsraum ein und umstellte schützend die Gruppe der Geiseln. Mama riss fast hysterisch das Laken beiseite und verhedderte sich darin. Sie suchte nach mir. Endlich fand sie mich unter Katja liegend auf dem Boden. Sie rang nach Atem, ihr Körper zuckte in Krämpfen. Dennoch schaffte sie es, mich weinend zu umarmen. Kein Wort verließ ihren Mund, nur die Augen machten deutlich, was sie gerne gesagt hätte. Ich suchte verzweifelt nach einem Sanitäter. Der Raum füllte sich mit Menschen, die sich um jeden Einzelnen kümmerten. Irgendwann später, als etwas Ruhe eingekehrt war, bemerkte ich den imposanten Schatten meines Chefs am Eingang stehend, der mir aufmunternd zublinzelte.

Kapitel 29

Wir standen nachdenklich auf dem Zufahrtsweg zum unschönen Klotz des Prosper-Hospitals. Katja und Miriam hatten darauf bestanden, mich zu begleiten. Fest umklammerten wir unsere Hände. Das Schicksal hatte auf eine unschöne Art eine tiefe Freundschaft zwischen uns entstehen lassen. Jede von uns hatte einen großen Blumenstrauß dabei, ich noch zusätzlich ein Paket, das ich dem tapferen Hauptkommissar im Namen der gesamten Mitglieder des City Fitness über-reichen sollte.

Die Reihenfolge war festgelegt. Erst Papa, dann Mama, zum Schluss Knoll. Papa konnte ein Grinsen nicht verbergen, als er unser Damentrio erkannte. Der anerkennende Pfiff seines Zimmernachbarn ging unter in dem Begrüßungslärm, den wir veranstalteten. Auf seinem Beistelltisch sahen wir die aufgeschlagene Zei-tung, die ein seitenbreites Bild zeigte, auf dem mehrere Personen mit Krankentragen herausgefahren wurden. Die Headline: Mutige Geisel verhindert Blutbad.

Papa war deutlich anzumerken, dass er die Dankes-
bekundungen dreier junger Frauen genoss. Seine Sprache war immer noch eingeschränkt, die einseitige Läh-
mung trat aber allmählich zurück. Beide Männer im
Raum lauschten konzentriert dem Bericht vom
Geschehen. Leise kamen die Worte aus Papas Mund.

»Bestellt Mama liebe Grüße von dem Versager, den
sie geheiratet hat. Ich habe alles in meiner Macht stehende versucht. Beim nächsten Mal klappts´s bestimmt
besser.«

»Herr Richter, Sie waren großartig. Sie werden
immer unser Held sein.«

Miriam drückte aus, was wir alle drei fühlten. Er
genoss die Verabschiedung mit den Wangenküssen. Er
wollte mich gar nicht mehr loslassen. Mit sanfter
Gewalt musste ich mich lösen. Winkend verließen wir
Drei das Zimmer.

»Wir marschieren jetzt noch bei Mama vorbei und
zum Schluss noch zum Hauptkommissar.«

Nach der herzlichen Verabschiedung legte Papa
zufrieden grinsend den Kopf auf sein Kissen. Die
gesamte Belegschaft der Station umringte uns, als
bekannt wurde, dass wir zu den Geiseln des brutalen
Überfalls gehörten. Tausend Fragen prasselten auf uns
ein. Schließlich befreiten wir uns aus der Talkrunde
und fragten nach der Zimmernummer der Heldin des
Tages. Mama fanden wir alleinliegend und schlafend
in ihrem Zimmer vor. Leise schlichen wir zu ihrem

Bett und stellten die Vase, die wir uns zuvor im Schwesternzimmer besorgt hatten, auf das Tischchen. Wir wollten sie nicht aus dem Schlaf holen, tuschelten deshalb verhalten am Fenster.

»Na, ihr Labereulen, wollt ihr mich nicht begrüßen? Wie lange soll ich mir noch das Geschnatter anhören?«

Zwar schwach, aber dennoch deutlich vernahmen wir die Frotzelei, sie ließ uns jubelnd herumfahren.

»Langsam, langsam, ihr wilden Hühner. Ihr erdrückt mich ja. Wie geht es euch nach der Aufregung? Das war doch wohl der Hammer, oder? Denen haben wir mal gezeigt, wo beim Dachdecker der Hammer hängt. Gibt es Neuigkeiten von der Front?«

Völlig irritiert sahen wir uns an, lachten dann aber alle, als wir verstanden, dass Mama damit nur versuchte, das Geschehen ins Lächerliche zu ziehen. So war sie eben. Immer die Dinge positiv sehen, sich nicht unterkriegen lassen vom Leben. Noch nie habe ich diese Frau verzweifelt gesehen, mochte es ihr auch noch so schlecht gehen. Diesen Lebensmut und die Bereitschaft zur Selbstaufopferung hatte sie mit Papa gemeinsam. Das schweißte diese beiden herzensguten Menschen zusammen. Ich war so stolz auf meine Eltern. Wieder war es Miriam, die das Wort ergriff.

»Ich wollte Ihnen besonders dafür danken, dass Sie sich so für mich, ich meine, für uns alle eingesetzt haben. Niemand kann sagen, wie sich das alles entwickelt hätte, wenn Sie nicht ...«

»Jetzt ist aber mal gut. Wir waren alle Spitze. Wenn ich richtig gesund gewesen wäre, dann hätten die Kerle was erleben können. Die können froh sein, dass ...«

Miriams Umarmung verhinderte, dass Mama noch weiter Drohungen gegen die armen Männer ausstoßen konnte. Die Tränen in ihren Augen bewiesen, dass sie auch eine weiche Seite unter der harten Schale trug. Fest hielt sie Miriam umklammert und forderte uns auf, uns ebenfalls an ihre Brust zu werfen. Lange lagen wir aneinandergeklammert auf dem Bett und genossen den Frieden nach den schrecklichen Ereignissen.

»Na, das ist aber eine Überraschung. Heute ist wohl mein Glückstag. Erst die lieben Kollegen Schilling und Romanowski, jetzt drei hübsche Damen. Das gehört hier im Hospital wohl zur Heilbeschleunigung. Setzt euch Mädel.«

Knolls Schulter war dick eingegipst, da ihm das Geschoss das Schultergelenk durchschlagen hatte. Es war eine Selbstverständlichkeit, dass wir alle drei unsere Namen neben die der beiden anderen Kripoleute auf den Gips schrieben. Das Paket hatten wir auf der Fensterbank abgestellt, was dem geschulten Auge des Kommissars nicht entgangen war.

»Ist das für mich, oder müsst ihr noch zur Post?«

»Oh ja, Entschuldigung. Das sollen wir Ihnen von der gesamten Belegschaft, den Mitgliedern und der Geschäftsführung des City Fitness aushändigen.«

Feierlich überreichte ich das Paket und bemerkte das entschuldigende Grinsen.

»Ach ja, Sie können ja nicht. Soll ich ...?«

Ein Nicken statt einer Antwort. Mit einer Nagelschere, die ja schließlich in jede Handtasche einer wahren Lady gehörte, öffnete ich das Paket. Knoll staunte nicht schlecht über die vielen Geschenk-Gutscheine unserer Firmenmitglieder und Sponsoren, sowie die herzlichen Einladungen zum Essen. Zum Schluss nahm ich eine Urkunde aus einer Rolle und eröffnete dem staunenden Hauptkommissar feierlich, dass er lebenslang als VIP-Ehrenmitglied des City Fitness eingetragen wurde. Wir Mädels johlten dazu und versicherten Knoll, dass wir uns sehr auf seine Besuche freuen.

»Ich danke euch sehr und kann versichern, dass ich diese besondere Nacht niemals vergessen werde. Ich habe einmal mehr gelernt, was es bedeutet, wenn Menschen zueinanderstehen. Familienbande und Freundschaften sind das, was im Leben wirklich zählt. Ich habe gerade in meinem Beruf viel zu häufig erleben müssen, wohin Gier und Selbstsucht führen. Ich durfte mit meinem Team immer den menschlichen Dreck wegräumen. Ich werde nun langsam damit Schluss machen. Deshalb liegt meine Anfrage zum vorzeitigen Ruhestand auf dem Tisch des Polizeipräsidenten. Ich denke, dass wir uns dann des Öfteren beim Sport sehen.

Ach, übrigens. Das können Sie ja noch nicht wissen. Mein so kluger und gieriger Assistent Prenzel, hat sich selbst ins Knie geschossen. Das bitte nicht wörtlich nehmen. Aber Kollege Schilling eröffnete mir vorhin, dass sie ihn noch vor der holländischen Grenze erwischt haben. Der hatte sich wohlweislich ein Nummernschild eines auf dem Parkplatz abgestellten Wagens angeschraubt und die Peilsender entfernt. So weit, so gut. Doch ein kleiner Hase und ein dicker Baum wurden ihm zum Verhängnis. Der liegt jetzt auch im Hospital und fährt bald ins Gefängnis ein. Tja, immer schön artig und bescheiden bleiben, sagte meine Mutter immer.«

»Herr Hauptkommissar, wir haben da noch eine Frage. Was glauben Sie, was mit diesem Massimo geschehen wird? Der hat schließlich sein Leben eingesetzt für uns.«

»Tja, Ihr Lieben, das kann ich euch auch nicht mit Bestimmtheit sagen. Er wird vor Gericht gestellt, daran kommt er nicht vorbei. Aber ich denke, dass er, nachdem das Gericht die Zeugenaussagen ausgewertet hat, mit einer Bewährungsstrafe davonkommen wird. Allerdings, versprechen kann ich das nicht.«

Gespannt waren wir dem Bericht gefolgt und waren froh, zu hören, dass dieser Mann wohl nichts Schlimmeres zu befürchten hatte. Wenn wir morgen zu Elena gingen, die uns zum Pasta-Essen eingeladen hatte, konnten wir gute Nachrichten mitbringen.

Leise hatte sich hinter uns die Tür geöffnet, da das Klopfen im Lärm untergegangen war. Erst das erstaunte Gesicht des Hauptkommissars machte uns darauf aufmerksam, dass jemand eingetreten sein musste. Als wir uns umdrehten, bemerkten wir einen stumm dastehenden Mann im mittleren Alter, an dessen Seite zwei Kinder schüchtern auf den Boden sahen. Als sich die Augen des Kommissars mit Tränen füllten, zogen wir drei uns diskret zurück. Unser Gefühl signalisierte uns, dass wir störten.

– Danke –

Kaum ein Autor veröffentlicht ein Werk, ohne dass ihm Menschen helfend zur Seite gestanden haben. Sie sind wichtig, um Meinungen zu äußern und Logikfehler aufzuzeigen. Hier gilt mein besonderer Dank einer Frau, die als Testleserin im fernen Innsbruck den einen oder anderen wichtigen Hinweis gab, damit die Geschichte schließlich eine geordnete, stimmige Handlung aufweist. Liebe Stephanie Pointner, ohne dein kritisches Auge wäre hier und da ein kleiner Lapsus möglich gewesen. Dafür ein herzliches Dankeschön.

Aber auch zwei liebe Menschen, die von der Geißel der multiplen Sklerose befallen sind, zeigten mir, dass Humor und Lebensmut ein probates Mittel gegen das Aufgeben sein kann. Antje und Carsten lieferten durch ihre Art, durch das Leben zu gehen, es zu meistern, den Grundstoff für diesen Roman. Auch ihnen und ihrer Selbsthilfegruppe möchte ich für die Recherchehilfe danken.

ISBN 978-1511436229

Als Taschenbuch und Ebook im Buchhandel

Inhalt

Die beschauliche Idylle des Sauerlandes möchte der aus Kanada stammende Schriftsteller Patrick Schreiber eigentlich nutzen, um Depressionen und Alkoholprobleme in den Griff zu bekommen. Der Herbstwald offenbart ihm allerdings ein schreckliches Geheimnis und einen Serienmörder, der ihm weit überlegen scheint. Mit Gewalt wird er in einen Sog aus Mord, Lynchjustiz und Intrigen gezogen. Um diese ungewöhnlich brutalen Frauenmorde aufzuklären, schaltet sich der bärbeißige LKA-Mann Franz Kalkove ein.

Fehlende Spuren lassen die Ermittlungen lange ins Leere laufen. Weitere Morde können dadurch geschehen. Die Dorfgemeinschaft entpuppt sich als trügerische Fassade. Erst als sich diese beiden eigenwilligen Typen solidarisieren, scheint eine Lösung dieses Falles möglich. Dazu müssen Schreiber und eine alte Liebe aber erst durch eine wahre Hölle gehen.

Mit Wortwitz wird der Leser durch das Geschehen geführt, ohne dennoch auf den erwarteten Grusel verzichten zu müssen. Nach der Lektüre wird man die kleinen Orte und Wälder rund um das sauerländische Winterberg mit ganz anderen Augen sehen. Nichts wird mehr so sein wie vorher.

Harald Schmidt

GESTOHLENE ZUKUNFT

Thriller

ISBN 978-3741275203

Als Taschenbuch und Ebook in Online-Shops und im Buchhandel

Inhalt

Täglich gibt es in Deutschland etwa vierzig Fälle von Kindesmissbrauch. Die Dunkelziffer ist jedoch höher, denn viele Opfer und ihre Angehörigen schweigen, aus Scham, aus Angst. Heilt die Zeit diese Wunden? Kann der Mensch erlittenes Leid vergessen? Tina muss sehr bitter erfahren, was es bedeutet, wenn Gespenster der Vergangenheit lebendig werden. Wohlbehütet aufgewachsen, begegnen ihr plötzlich Grausamkeiten, die sie sich nie hätte vorstellen können. Die Gräueltaten eines Sexualtäters verknüpfen sich unaufhaltsam mit dem Schicksal ihrer Familie.

Ein Thriller, der nicht loslässt. Er nimmt den Leser mit in eine Welt, die direkt neben uns existiert. Eine Welt, mit der viele Menschen selbst Erfahrungen sammeln mussten und es aus unterschiedlichsten Gründen totschweigen.

Der Autor möchte mit seiner Geschichte nachdenklich machen und zu Diskussionen anregen. Gibt es hier nur Schwarz und Weiß, nur Gut und Böse?

Eine Geschichte, frei erfunden, doch grausam nah an der Realität.

ISBN 978-3741226458

Als Taschenbuch und Ebook in Online-Shops und im Buchhandel

Inhalt:

Als Nicole Manfred Kirchner begegnet, glaubt sie, den Richtigen für ein blei-
bendes Glück gefunden zu haben. Als das Monster die Maske fallen lässt, ist es schon
zu spät. Nicole muss einen sehr hohen Preis bezahlen: Sexueller Missbrauch, grau-
same Misshandlung und kriminelle Machenschaften treiben Nicole fast in den Frei-
tod. Ihr Weg kreuzt den eines älteren Mannes. Nun erfährt sie, dass es auch Menschen gibt, die Hilfsbereitschaft und Freundschaft über ihre eigene Sehnsucht nach
Liebe stellen. Doch Manfred Kirchner ist nicht der Mann, der sein Opfer so schnell
aus den Klauen lässt. Das Schicksal treibt ein makabres Spiel und zwingt zwei Menschen an die Grenze des Zumutbaren.

Wird Nicole sich befreien können? Erkennt sie das wahre Glück und greift
danach? Kennt das Glück wirklich kein Erbarmen?

Der Autor lässt den Leser wie schon in seinen beiden vorangegangenen Roma-
nen tief in die dunklen Seiten des menschlichen Zusammenlebens eintauchen und
bietet viel Stoff für Diskussionen.

HARALD
SCHMIDT

R O M A N

ISBN 978-3741261534

Als Taschenbuch und Ebook in Online-Shops und im Buchhandel

Inhalt

Vera und Peter Sobier genießen mit ihrem zwölfjährigen Sohn Patrick ein sorgenfreies
Familienglück. Das endet abrupt, als der erfolgreiche Rechtsanwalt einen folgen-
schweren Verkehrsunfall verursacht. Patrick erleidet ein Schädel-/Hirn-Trauma und
fällt in ein Koma. Peter Sobier kommt mit leichten Verletzungen davon und sucht verzweifelt einen Weg, mit seiner schweren Schuld leben zu können. Die Liebe zu Vera
wird auf eine harte Probe gestellt.
Die härteste Zerreißprobe ihres Lebens fordert den Eltern alles ab, denn das Schicksal
kann grausam sein. Verzweiflung, Glaubenskonflikte und Hoffnungslosigkeit zerfres-
sen den Geist des Vaters. Außergewöhnliche Signale, die der Sohn aus seiner finsteren
Welt aussendet, verändern die Sicht aller Beteiligten.
Wird die Liebe der Eltern den vielen Prüfungen standhalten?
Hat Patrick eine Chance, jemals wieder zurück ins Leben zu finden?

ISBN 978-3741225383

Als Taschenbuch und Ebook in allen Online-Shops und im Buchhandel erhältlich.

Inhalt

Als der vierzehnjährige Claudio ungewollt durch einen Freund in die Drogenge-schäfte der ›Organisation‹ hineingezogen wird, beginnt sein Leidensweg. Verrat und Misstrauen bringen ihn in allergrößte Gefahr. Zu seiner eigenen Sicherheit muss er Kalabrien, Familie und Freunde verlassen. Auf sich selbst gestellt, begibt er sich auf den steinigen Weg nach Deutschland. Hier hofft er, sich aus dem Netz der Mafia, der Ndrangheta, befreien zu können.

Doch das Leben zeigt ihm mit aller Härte, was es bedeutet, der Vergangenheit entfliehen zu wollen.

Kann Claudio untertauchen in einer für ihn völlig fremden Welt?

Wird er eine Zukunft mit eigener Familie aufbauen können?

Findet er ›LA DOLCE VITA‹ auch in Deutschland?

Inspiriert von einer wahren Geschichte, schildert der Roman in ungeschönten Bildern, wie das Verbrechen versucht, ein Leben zu zerstören.

Ein Sumpf von Gewalt, Drogen und Korruption, aber auch tiefe Freundschaften begleiten den Jungen auf der Suche nach einer neuen Heimat.

ISBN 978-3741299056

Als Taschenbuch und Ebook in allen Online-Shops und im Buchhandel erhältlich.

Inhalt:

Alfred Reimann, dreiunddreißig, Single, gut aussehend, Jungfrau.

Bis heute lief das Leben des liebenswerten Finanzbeamten und seiner Teddydame Bienchen in geordneten Bahnen. Noch weiß er nicht, dass sich dieser Zustand mit dem Einzug der süßen Nachbarin Verena ändern wird. Ein glücklicher Umstand führt sie zusammen.

Seine Mutter ist davon alles andere als begeistert, denn in ihren Augen wollen junge Frauen wie Verena nur das Eine. Und dieses Chaos wird sie zu verhindern wissen!

Mithilfe von Verena und dem kauzigen Pfarrer Hollerberg stolpert Alfred in das eine oder andere Abenteuer. Ob er auf den Reisen sein Glück findet, bleibt abzuwarten ...

Ein rasanter Liebesroman mit dem gewissen Schmunzelfaktor.

ISBN 978-3744873024

Als Taschenbuch und Ebook in allen Online-Shops und im Buchhandel erhältlich..

Inhalt:

„Gib diese Frau auf, denn die Zeit auf dieser Erde ist endlich ... besonders für sie."

Die Warnung ist eindeutig, die der erfolgreiche Schriftsteller Jan Hellman in dem Umschlag vorfindet.

Niemals wieder hat er eine Verbindung eingehen wollen. Die Trennung von Claudia saß noch wie ein Stachel in seinem Herzen. Sein Single-Dasein war beschlossen. Doch das Schicksal hatte eigene Pläne gehabt. Sandra veränderte alles.

Jetzt aber hält er diesen Drohbrief in den Händen.

Bei Jan Hellmann und den eingeschalteten Ermittlern keimt der Verdacht, dass ihn der Gegner gut kennen muss. Lebt der Verursacher dieser Grausamkeiten in einem vertrauten Umfeld?

Ekelige Tierkadaver und weitere Drohbriefe verstärken die Angst.

Perfekt getarnt treibt der Täter sein perfides Spiel. Die Einschläge, die Opfer und Polizei weiter rätseln lassen, kommen immer näher, werden immer brutaler.

Eine Liebe, an deren Erfüllung sich mit jeder gelesenen Seite die Zweifel mehren.

Eine Beziehung, die direkt auf den Vorhof der Hölle zusteuert.

H.C. SCHERF

THRILLER

Der Flug der
Libellen

ISBN-13: 978-3744869997

Als Taschenbuch und Ebook in allen Online-Shops und im Buchhandel erhältlich..

Inhalt:

Seit Jahren verschwinden Prostituierte im Ruhrgebiet. Keine Leichen. Keine Spuren.
Nichts kann den Killer aufhalten.

Die erst 10jährige Andrea Lesbe und ihr gleichaltriger Freund leiden schon in der
Schule unter Mobbing. Die Mitschüler machen ihnen das Leben zur Hölle. Was die
Kinder zu diesem Zeitpunkt nicht wissen können: Ein Hurenmörder beginnt
gleichzeitig sein perfides Werk. Unaufhaltsam verbindet sich ihr Schicksal mit
des irren Killers. Als Andrea als Erwachsene wieder in ihre Heimatstadt Essen zieht,
trifft sie nicht nur auf den einstigen treuen Freund. Sie begegnet auch einem
geheimnisvollen Fremden, der sie magisch anzieht. Hauptkommissar Schlicht ermittelt
mit seiner Soko seit 16 Jahren erfolglos im Fall eines vermissten Kindes und der
beängstigenden Mordserie. Erst als der Killer die Abstände seiner grausamen Taten
verkürzt, finden sich erste Spuren. Damit das Geheimnis um den Serienkiller gelüftet
werden kann, müssen die Beteiligten in den Vorhof zur Hölle hinabsteigen.
Erst dort begegnen sie der grausamen Wahrheit.

»Ein Thriller, der die schmale Kluft zwischen Normalität und dem menschlichen
Wahnsinn spannend beschreibt.«